edition suhrkamp

Redaktion: Günther Busch

Gunnar Myrdal, geboren 1899, ist Direktor des Institute for International Economic Studies an der Universität Stockholm. Hauptwerke: *An American Dilemma* 1944; *Asien Drama* 1968; *The Challenge of World Poverty* 1970 (deutsch: *Politisches Manifest über die Armut in der Welt* 1970); *Objectivity in Social Research* 1969 (deutsch: *Objektivität in der Sozialforschung* 1971). Zahlreiche Aufsätze und Beiträge zu Sammelwerken.

Ein nicht unwesentlicher Teil der wissenschaftlichen und politischen Arbeit des schwedischen Gelehrten und Friedenspreisträgers des Deutschen Buchhandels dokumentiert sich in seinen Aufsätzen und Reden, in denen er zu konkreten Problemen der internationalen Beziehungen, der Außenpolitik, der Entwicklungshilfe, der Wirtschaftsreform, des Rassenkampfes und der Ausbeutung der armen Länder durch die reichen Länder Stellung genommen hat. Unser Band bringt eine Auswahl aus diesen Schriften. Er erhärtet die wissenschaftliche Konzeption von der Verantwortlichkeit der Industriegesellschaften für die Entwicklungsländer und Myrdals politisches Engagement in der Analyse von wirtschaftlicher Ungleichheit und Ungerechtigkeit.

Gunnar Myrdal
Aufsätze und Reden

Suhrkamp Verlag

Aus dem Englischen übersetzt von Michael Lang

edition suhrkamp 492
Erste Auflage 1971

Satz, in Linotype Garamond, Druck und Bindung bei Georg Wagner, Nördlingen. Gesamtausstattung Willy Fleckhaus.

Inhalt

Die Landwirtschaft und die Revolution der Weltwirtschaft*

Das wahre Proletariat der Welt sind die Landarbeiter in den unentwickelten Ländern, zu denen nicht nur die landlosen Arbeiter, sondern auch die Teilpächter, die meisten anderen Pächter und selbst die Mehrheit der Bauern, die ein winziges Landstück besitzen, gehören – also nicht die Industriearbeiter, wie Karl Marx vor hundert Jahren aufgrund seiner Studien in England, dem ersten industrialisierten Land, gedacht hat. Trotz der Tatsache, daß mehr als die Hälfte (in einigen Ländern mehr als drei Viertel) des Arbeitskräftepotentials in der Landwirtschaft beschäftigt ist, sind Hunger und Unterernährung in vielen Ländern an der Tagesordnung; es sind die ärmeren Schichten in der Landwirtschaft, die die große Masse derer stellen, die unzureichend ernährt sind. Das gilt auch für viele Länder in Lateinamerika.

Deshalb bin ich immer der Meinung gewesen, daß die FAO – und potentiell sogar noch mehr als aktuell – die wichtigste zwischenstaatliche Organisation innerhalb der Vereinten Nationen bildet. Um ihre Aufgabe zu erfüllen, muß sie in den unentwickelten Ländern und in deren Beziehungen zu den reichen Ländern Reformen anregen und hervorbringen, die noch einschneidender sind als die bereits verwirklichten. Darauf werde ich zurückkommen.

I

Ich kann jedoch nicht fortfahren, ohne auf die Gefahr hinzuweisen, die für diese Anstrengung in dem Kurs liegt, den

* Rede, gehalten vor der Lateinamerikanischen Konferenz für Ernährung und Landwirtschaft in Vino del Mar, Chile, am 18. März 1965.

die Weltorganisation für Frieden und Sicherheit, die Vereinten Nationen, nun eingeschlagen hat. Die Schöpfer ihrer Verfassung machten sie gleichzeitig zu einer Art Holding-Gesellschaft für die spezialisierten zwischenstaatlichen Organisationen auf sozialem, wirtschaftlichem und technischem Gebiet – darunter die FAO. Die UNO ist jetzt ernsthaft gelähmt. Ihre Versammlung und ihre untergeordneten Organe sind funktionsunfähig. Die Verabschiedung eines Budgets für das Sekretariat und andere notwendige Maßnahmen mußten unter Vorwänden zweifelhafter Legalität durchgebracht werden, während die Arbeit der Versammlung selbst, außer einer verlängerten Debatte, gänzlich gestoppt wurde – und dies in einem Jahr, in dem in verschiedenen Teilen der Welt der offene bewaffnete Kampf ausgebrochen ist, meistens in der Form des Bürgerkriegs, aber mit zwischenstaatlichen Verwicklungen.

Diese äußerst bedenkliche Lage in den Vereinten Nationen wurde durch einen politischen Konflikt zwischen reichen und entwickelten Ländern verursacht, für den wenige, wenn überhaupt irgendwelche Regierungen viel Verständnis zeigen. Der Konflikt drehte sich um eine kleinliche finanzielle Frage, aber im Grunde betrifft er die Rolle der Generalversammlung in friedenerhaltenden Funktionen und die Legalität gewisser Resolutionen, die unter den Nachwirkungen des Koreakrieges verabschiedet wurden und jene Rolle verstärkten.

Der Ernst dieses Konfliktes für die spezialisierten zwischenstaatlichen Organisationen, einschließlich der FAO, wurde unterstrichen, als seine Lösung zur Bedingung dafür gemacht wurde, daß sich die USA an der regelmäßigen finanziellen Unterstützung für die technischen Hilfsprogramme der UNO beteiligten, von denen ein sehr großer Teil in die technische Hilfe der FAO und anderer spezialisierter Organisationen fließt.

Diese Aktion wurde von den meisten unentwickelten Ländern und auch von vielen entwickelten nicht begrüßt; sie wurde als wirtschaftlicher Druck ausgelegt, der die armen Länder veranlassen sollte, sich hinter die politische Position einer Seite zu stellen. Ich weiß, daß dieser Eindruck weit verbreitet war, selbst in den Vereinigten Staaten. Man hat mich informiert, die Aktion sei nur als ein Manöver gemeint gewesen. Ich persönlich bin sicher, daß die Vereinigten Staaten niemals ernstlich daran dachten, ihren Teil (und in der Tat mehr als es ihre Pflicht ist) an den Kosten der technischen Hilfe zu verweigern, die von den zwischenstaatlichen Organisationen gegeben wird. Das stünde im Widerspruch zu ihrer Rolle in der Welt.

Trotzdem hat der Zwischenfall gewisse Gefahren aufgehellt, die in der Verknüpfung zwischen den Organisationen auf sozialem, ökonomischem und technischem Gebiet und der vorwiegend politischen Organisation, den Vereinten Nationen, stecken. Die Tätigkeit einer Organisation wie der FAO und die, beispielsweise, der Weltgesundheitsorganisation sowie vieler anderer sind glücklicherweise nicht so politisch gewesen wie die der Vereinten Nationen selbst. Die Großmächte müssen sich selbst zwingen, in der zwischenstaatlichen Sphäre ein Prinzip zu beachten, das lange als wesentlich für die erfolgreiche Entwicklung einer nationalen Gesellschaft anerkannt worden ist, und das wir heute alle in unserer zwischenstaatlichen Arbeit respektieren und pflegen müssen: das Prinzip, daß politischer Nahkampf die technische Verwaltung nicht stören darf.

Wie ich von meiner eigenen zehnjährigen Erfahrung als leitender Angestellter der Vereinten Nationen weiß, muß man Regierungen immer wieder an diesen Imperativ erinnern, wenn sie ihren komplizierten Geschäften nachgehen, aber – und ich möchte diesen Punkt besonders unterstreichen – sie lassen sich durchaus von diesem Imperativ beeinflussen. Es muß Protest und Widerstand von seiten der Beamten geben, wann immer die Verknüpfung der UNO mit den spezialisierten Organisationen mißbraucht wird, um wirtschaftliche oder soziale Programme mit den Verwicklungen des politischen Kleinkriegs zu belasten. Und dies ist nirgendwo wichtiger als auf dem Gebiet der außerordentlichen und entscheidenden Ungleichheiten, die Thema dieser Rede sind. Ich weiß, meine amerikanischen Freunde werden es mir nicht verübeln, wenn ich diese Gelegenheit benutze, sie an dieses Grundprinzip zu erinnern. Und die Regierungen unentwikkelter Länder müssen ebenfalls Störungen der Entwicklung zurückdrängen, die aus ihren politischen Scharmützeln entstehen.

II

Lassen Sie mich nun kurz darstellen, was ich unter der Revolution der Weltwirtschaft verstehe und warum die FAO vor ihrer größten Herausforderung steht, wenn diese Revolution den unentwickelten Ländern nützen soll, ohne daß es zu einer Katastrophe kommt.
Wir sind uns alle der Tatsache bewußt, daß sich der Einkommensunterschied zwischen den reichen und den armen Ländern stetig vergrößert. Dies gilt in der Tat seit einem Jahrhundert, in dessen Verlauf die entwickelten Länder die industrielle Revolution durchmachten, während die unentwickelten Länder in relativer Stagnation verharrten. Auf Präsident Kennedys Vorschlag wurden die 1960er Jahre das Jahrzehnt der Entwicklung genannt. Dies ist ein Versprechen und eine Herausforderung, die Wohltaten der Wissenschaft so zu verbreiten, daß die industrielle Revolution sich ausweitet zu einer wirtschaftlichen Revolution für alle. Statt dessen hat sich bis jetzt, wie wir wissen, die Entwicklung in den meisten unentwickelten Ländern eher verlangsamt, bei einigen von ihnen ist die Entwicklung sogar, gemessen am Pro-Kopf-Einkommen und Lebensstandard, rückläufig gewe-

sen. Da es in den meisten dieser Länder große und gewöhnlich zunehmende soziale und wirtschaftliche Ungleichheiten gibt, leben die Massen der Armen, besonders in der Landwirtschaft, in noch schlimmerem Elend, als die Durchschnittszahlen anzeigen.

Immer wieder haben Staatsmänner und Gelehrte der Hoffnung und Erwartung Ausdruck gegeben, daß das rasch fortschreitende wissenschaftlich-technische Wissen der entwickelten Länder angewendet werden würde, um die Produktion in den unentwickelten Ländern zu steigern. Doch nur wenige scheinen sich bewußt zu sein, daß in Wirklichkeit das wissenschaftlich-technische Wissen, wie es bisher eingesetzt wurde, sich zum Nachteil der armen Länder ausgewirkt hat. Besonders zwei Trends haben zu der prekären Lage in der Dritten Welt beigetragen: das beschleunigte Bevölkerungswachstum und die Verschlechterung ihrer internationalen Handelsposition; an beiden Trends sind die Fortschritte von Wissenschaft und Technik in den reichen Ländern erheblich beteiligt.

Die Bevölkerungsexplosion schiebt die Wachstumsrate der Bevölkerung auf eine höhere Ebene, als es sie jemals in den heute entwickelten Ländern gegeben hat (außer in der Neuen Welt, wo die Bedingungen für wirtschaftliche Entwicklungen ausnehmend günstig waren). Auf vielerlei Weise hat dieses Wachstum zur Folge, daß die Völker in diesen Ländern verarmen und daß große Hindernisse für ihre Entwicklung auftreten. Die unmittelbare Ursache für das Ansteigen der Bevölkerungszahlen ist der Rückgang der Sterblichkeit bei unverändert hoher Geburtenziffer. Die Hauptvoraussetzung für den Rückgang der Sterblichkeit liegt ihrerseits im Fortschritt der medizinischen Wissenschaft und Technik. Diese Revolution kann man sich als eine radikale Senkung der Elendsgrenze denken, an der die grausamen Malthusianischen Kontrollen des Bevölkerungswachstums wirksam werden. Die Technik hat Leben gerettet, aber das Elend für alle vermehrt.

Abgesehen von den wenigen Gebieten, in denen Erdöl oder andere Rohstoffe vorkommen, für die es einen wachsenden Bedarf in den reichen Nationen gibt, ist die Nachfrage nach traditionellen Exportgütern der armen Länder, relativ gesehen, seit dem Ersten Weltkrieg kontinuierlich geschrumpft. Diese Verschlechterung der Handelsposition erklärt sich zum Teil aus der geringen Einkommenselastizität in der Nachfrage nach den meisten dieser Produkte und aus der protektionistischen Politik der reichen Länder. Ein anderer Teil der Erklärung liegt darin, daß in den industrialisierten Ländern die Produktion ähnlicher Produkte oder synthetischer Ersatzprodukte (besonders für die landwirtschaftlichen Güter) rasch wächst. Dies hängt, wie wir wissen, mit der wissenschaftlichen Forschung und dem technologischen Fortschritt in den reichen Ländern zusammen, die die Exportchancen in den unentwickelten Ländern deutlich beeinträchtigen. Auf fast allen Gebieten, wo die unentwickelten Länder konkurrieren, steigt die Produktivität schnell; weitere Einsparungen an industriellen Rohstoffen werden möglich; Ersatzprodukte werden billiger, und neue werden erfunden. Um ein Beispiel von besonderer Bedeutung für Lateinamerika zu geben: Man erwartet, daß in naher Zukunft ein synthetischer Kaffeeersatz auf den Markt kommt. Laboratorien in den USA arbeiten gegenwärtig daran, die Verbindungen zu identifizieren, die für den charakteristischen Kaffeegeschmack verantwortlich sind. Es ist durchaus möglich, daß Tee und Kakao ebenfalls in die Gefahrenzone kommen. Eine ganze Reihe unentwickelter Länder erlitte eine klare Verschlechterung der Handelsposition, wenn Kaffee und vielleicht später auch Tee und Kakao mit synthetischem Ersatz konkurrieren müssen, und wenn Naturseide, Wolle, Baumwolle und Gummi weiterhin durch billigere und bessere synthetische Stoffe ersetzt werden.

Der Fortschritt in der Medizin, den Naturwissenschaften und der Technik hat also die wirtschaftliche Entwicklung in den unentwickelten Ländern wiederholt behindert. Diese Tatsache sollten wir im Auge behalten, wenn wir darüber diskutieren, wie der wissenschaftlich-technische Fortschritt so gelenkt werden könnte, daß er bei der Entwicklungsplanung hilft.

Was nötig ist, um zu vermeiden, daß der wissenschaftlich-technische Fortschritt sich zum Schaden der unentwickelten Länder auswirkt, ist eine umfangreiche Intensivierung derjenigen Forschung, die speziell auf die Bedürfnisse dieser Länder ausgerichtet ist. Daß beispielsweise in der Landwirtschaft die Ernteerträge in den reichen Ländern Europas um das Siebenfache gestiegen sind, ist das Ergebnis intensiver Forschung über Jahrzehnte hinweg über die verschiedenen Böden in ihrem Verhältnis zu Klima, Wasser, Düngemitteln usw. und über die Entwicklung von Saatgut und Tierzucht. Es hat bislang kaum solche auf die örtlichen Verhältnisse abgestimmte und detaillierte Forschung über landwirtschaftliche Produktivität in tropischen und subtropischen Ländern mit spezifischen natürlichen Bedingungen und auch besonderen Proportionen der Produktionsfaktoren gegeben.

Der Punkt, den ich hier *in abstracto* darlegen wollte, ist folgender: Die wirtschaftliche Revolution, die heute in den reichen Ländern unter dem Einfluß eines rasch beschleunigten Fortschritts im wissenschaftlich-technischen Wissen stattfindet, wirkt sich nicht nur so aus, daß die große Mehrheit der Menschen in den unentwickelten Ländern sich nicht weiterentwickeln kann, sondern auch so, daß die Entwicklung zurückgeht. Meine praktische Schlußfolgerung lautet: Um dieser Gefahr zu begegnen, genügt es nicht, die moderne Technologie in der Dritten Welt anzuwenden, vielmehr muß ein wesentlicher Teil einer verstärkten Forschungstätigkeit aktiv auf konkrete Produktionsprobleme dieser Gebiete ausgerichtet werden. Das setzt »technische Hilfe« in viel größerem Ausmaß und von anderem Charakter voraus, als wir sie heute gewähren.

III

Ich habe von der Bevölkerungsexplosion gesprochen. Eine Folge von besonderer Wichtigkeit für den Planer ist, daß das Arbeitskräftepotential auf Jahrzehnte hinaus rasch wachsen wird. Das jugendliche Durchschnittsalter der Bevölkerung in den unentwickelten Ländern, selbst ein Resultat hoher Fruchtbarkeit, hat seinerseits eine ungeheure Beschleunigung des Bevölkerungswachstums zum Ergebnis. In diesem Zusammenhang sollten wir auch beachten, daß eine Abnahme der Geburtenrate vorläufig keinerlei Wirkung auf die Größe des Arbeitskräftepotentials haben wird. Da der Rückgang der Geburtenrate in einem unentwickelten Land normalerweise ein langsamer Prozeß sein wird, können wir mit Sicherheit voraussagen, daß bis zum Ende dieses Jahrhunderts das Arbeitskräftepotential in diesen Ländern um mehr als 2 Prozent im Jahr und in Lateinamerika um rund 3 Prozent und mehr zunehmen wird.

Mit Recht betrachtet man die Industrialisierung als ein höchst wichtiges Ziel der Entwicklungspolitik. Die voraussehbare und rasche Zunahme der Arbeitskräfte verleiht diesem Programm besondere Dringlichkeit, vor allem in Ländern mit einem umfangreichen Agrarsektor. Aber die Industrialisierung kann in den nächsten Jahrzehnten, selbst wenn sie sich viel schneller vollzieht als bisher, keine zusätzlichen Arbeitsplätze in größerer Zahl schaffen, denn auch im besten Fall ist die Nachfrage nach Arbeitskräften, die durch die Industrialisierung erzeugt wird, nicht nur eine Funktion der Geschwindigkeit des industriellen Wachstums, sondern auch eine Funktion des niedrigen Niveaus, von dem es beginnt.

Oft erscheint es vernünftig, das vorhandene Kapital und die zur Verfügung stehenden Reserven an administrativem und technischem Personal in moderne mechanisierte Industrien zu stecken. Dann aber wird die zusätzliche Nachfrage nach Arbeitskräften noch geringer sein. Wo obendrein die Industrialisierung eine Rationalisierung älterer und arbeitsintensiverer Industrien einschließt, werden die neuen Industrien schließlich Handwerk und traditionelle Produktion durch Konkurrenz ruinieren – die Auswirkung auf die Nachfrage nach Arbeitskräften wird negativ sein. D. h. die Industrialisierung setzt mehr Arbeitskräfte frei, als sie bindet. Unter diesem Gesichtspunkt hat eine auf Export und auf Importsubstitution ausgerichtete Produktion einen offensichtlichen Vorteil, zusätzlich zu den gewöhnlich erkannten; aber kein unentwickeltes Land kann sich bei seiner Industrialisierung allein an diesen beiden Zielen orientieren.

In einem frühen Stadium der Industrialisierung wird es immer Kielwassereffekte geben, die die »Arbeitsbeschaffungs«-Effekte der Industrialisierung mindern, aufheben oder im Extremfall sogar umkehren. In einer Untersuchung des Sekretariats der Wirtschaftskommission für Europa über die Entwicklung in der Zentralasiatischen Republik der Sowjetunion fanden wir heraus, daß die Zahl der in der Industrieproduktion beschäftigten Arbeitskräfte trotz eines eindeutigen Schwerpunktes auf Industrialisierung mehr als zwei Jahrzehnte lang zurückging. Dann erst war die Industriebasis so breit, daß eine rasche Weiterführung einen entsprechend deutlichen Anstieg der Nachfrage nach Arbeitskräften bedeutete.

IV

Wenn wir nun unsere beiden Erkenntnisse kombinieren, daß auf Jahrzehnte hinaus der »Arbeitsbeschaffungs«-Effekt der Industrialisierung ziemlich gering oder sogar negativ sein und daß das Arbeitskräftepotential jährlich um 2 bis 4 Prozent steigen wird, dann müssen wir den Schluß ziehen, daß der bei weitem größere Teil dieser zusätzlichen Arbeitskräfte außerhalb der Industrie, hauptsächlich in der Landwirtschaft, verbleiben muß.

Diejenigen Arbeiten in der Landwirtschaft, die Rettung vor Armut und Unterdrückung suchen, indem sie in die Großstädte gehen, werden in den Kleinhandel, in Dienstleistungen verschiedenster Art, die durch die gleiche mangelhafte Nutzung der Arbeitskraft gekennzeichnet sind wie die Landwirtschaft, ihre Hoffnungen setzen, oder sie werden die Zahl der Gelegenheitsarbeiter, Müßiggänger und Bettler erhöhen. Leider ist Urbanisierung in unentwickelten Ländern kein Äquivalent für Industrialisierung.

Aber all das ist kein Argument gegen den raschen Aufbau einer Industrieproduktion. Die lange Übergangsperiode, während der die Industrialisierung nur wenige Arbeitsplätze schaffen wird, spricht eher dafür, so bald wie möglich anzufangen und so schnell wie möglich vorzugehen. Die Erkenntnis dieser Tatsachen sollte uns freilich zu Anstrengungen in anderen Richtungen anspornen – Anstrengungen, die unerläßlich sind, wenn die Industrialisierungsbemühungen selbst nicht vergeblich sein und am Ende mißlingen sollen. In der Tat: Wenn nicht energisch die Entwicklung der Landwirtschaft vorangetrieben wird, werden selbst die entschiedensten Versuche zu industrialisieren die Verelendung der Massen, besonders in den ärmsten Ländern und in den ärmsten Schichten, verstärken. Darum bleiben die Landwirtschaft, die bei weitem der größte Sektor in der Wirtschaft aller Entwicklungsländer ist, und die landwirtschaftliche Entwicklung das Schlüsselproblem oder, wie es der Welternährungskongreß ausgedrückt hat, »der Eckstein wirtschaftlicher Entwicklung«. Wie ich bereits gezeigt habe, bezieht mehr als die Hälfte (in Asien und Afrika oft bis zu 80 Prozent) der Gesamtbevölkerung den Lebensunterhalt aus der Landwirtschaft. Es ist eine gefährliche Illusion zu glauben, es könne dort eine nennenswerte wirtschaftliche Entwicklung geben, ohne radikal die Produktivität der landwirtschaftlichen Arbeitskräfte zu intensivieren.

Dies ist ein gewichtiges Problem für die Planer, da das Arbeitskräftepotential bereits heute nur sehr mangelhaft genutzt ist – eine Situation, die in der Regel als »Unterbeschäftigung« bezeichnet wird. Vernünftige Landwirtschaftspolitik muß daher auf intensivere Nutzung des Arbeitskräftepotentials ausgerichtet sein, das im übrigen stetig und schnell zunimmt. In diesem kurzen Vortrag kann ich nicht auf die Implikationen dieser Schlußfolgerung für die Landwirtschaftsplanung eingehen; ich möchte jedoch noch einmal betonen, daß eine erfolgreiche Entwicklung der Landwirtschaft in unentwickelten Ländern eine völlig neue Technologie erfordert. Dazu bedarf es detaillierter und von den lokalen Besonderheiten ausgehender Forschung von der Art und dem Ausmaß, wie sie grundlegend für die schnellen Fortschritte der Landwirtschaft in den reichen Ländern gewesen ist, die niemals im Laufe ihrer Entwicklung dem Problem gegenübergestanden haben, einen großen und wachsenden Arbeitskräfteüberschuß in der Landwirtschaft absorbieren zu müssen. Der landwirtschaftliche Fortschritt in den reichen Ländern wurde durch eine rasche Abnahme der in der Landwirtschaft beschäftigten Arbeitskräfte unterstützt. Es ist natürlich, daß ihre Forschung und ihre Techniken auf größere Produktion mit weniger menschlicher Arbeitskraft ausgerichtet sind. In den unentwickelten Ländern aber kann man diesen Weg nicht beschreiten. Der unvermeidliche Zuwachs an Arbeitskräften in der Landwirtschaft schafft hier andere Probleme; wenn sie nicht gelöst werden, werden sie wachsendes Elend zur Folge haben.

In dieser verzweifelten Situation können die unentwickelten Länder und die reichen Nationen es sich nicht leisten, vor dieser Aufgabe zu versagen.

V

An diesem Punkt unserer Argumentation sollten wir uns klarmachen, daß das Haupthindernis für die Anwendung einer neuen, der Lösung dieses Problems fähigen Technologie ein politisches und institutionelles ist. Die Macht in vielen unentwickelten Ländern liegt bei reaktionären Leuten, die ein wirkliches oder eingebildetes Interesse daran haben, Änderungen im Landbesitz oder im Pachtwesen zu verhindern, Änderungen, die die Möglichkeiten und Anreize für die Bauernschaft, ihr Stück Land besser zu nutzen, erhöhen würden. Auch in Ländern, in denen aufgeklärte nationale Führer die politische Kontrolle ausüben, sind solche Reformen gegen die Grundbesitzer, Geldverleiher und andere Mittelsmänner nicht durchzusetzen, die die Macht in den Dörfern und im Parlament haben und sie benutzen, um die Durchführung der Entscheidungen, auch wenn sie die Form von Gesetzen erlangt haben, zu hintertreiben. Und die armen Bauern verharren in Apathie, Unwissenheit und abergläubischen Vorstellungen, die selbst wieder verursacht und aufrechterhalten werden durch ihre Armut.

In bezug auf diese Tatsachen herrscht Übereinstimmung. Die FAO hat das Problem mit Mut und Sachverstand untersucht, Resolutionen für Landreformen wurden verabschiedet. Aber in der Praxis geschieht in den meisten unentwickelten Ländern wenig oder nichts. In Anbetracht des stetigen Wachstums des Arbeitskräftepotentials in der Landwirtschaft – das ohne schnelle Entwicklung an sich schon Ungleichheit verursacht – ist dies eine äußerst gefährliche Lage. Wir können nur hoffen, daß die politischen Institutionen in diesen Ländern Land- und Pachtreformen durchsetzen werden; nur dann wird sich dort die Voraussage von Marx nicht erfüllen, daß die gewaltsame Revolution die unvermeidliche Folge der zunehmenden Ungleichheit und Verarmung der Massen ist.

Erst in diesem Licht können wir die Gefahr richtig erkennen, die darin steckt, die Industrialisierung als Allheilmittel für die Unterentwicklung in diesen Ländern zu betrachten. Die Gefahr ist um so größer, als diese Ansicht häufig etablierten Interessen dient oder einem Wunschdenken entspringt. Auch ist es viel leichter, Fabriken zu errichten, zum Beispiel mit Hilfe ausländischen Kapitals und ausländischer Techniker, als die Sozial- und Wirtschaftsordnung in den Dörfern und die Einstellung von Millionen verarmter Bauern zu Arbeit und Leben zu verändern. Einseitiges Industrialisierungsdenken wird ermutigt durch oberflächliche Planung, wie sie sich in der vorurteilsvollen und leichtsinnigen Methode zeigt, nach Prioritäten zu argumentieren. Ich würde, wenn ich in diesem Zusammenhang über Prioritäten reden sollte, aufgrund der von mir aufgezeigten Fakten und der von mir gezogenen Schlußfolgerungen entschieden der Landwirtschaft oberste Priorität einräumen. Ohne Fortschritt in der Landwirtschaft ist vernünftige Entwicklung nicht möglich. Eine Anstrengung in der einen Richtung schließt eine in der anderen Richtung keineswegs aus. Die erforderlichen institutionellen Reformen sind nicht in erster Linie kostspielig im Sinne knapper Kapitalmöglichkeiten oder Devisen. Zudem sind die notwendigen Investitionen in der Landwirtschaft hochgradig arbeitsintensiv, sie mobilisieren mangelhaft genutzte Arbeitskraft. Darüber ist viel gesprochen worden, aber nur wenig wurde getan. Auch für Anstrengungen zur Anhebung des Bildungsniveaus, der Gesundheit und der Hygiene bedarf es keiner großen Kapitalaufwendungen. In den meisten unentwickelten Ländern sind diese Bemühungen insgesamt zu schwach gewesen, selbst wenn man sie ausschließlich unter dem Gesichtspunkt der Produktivitätssteigerung sieht. Insofern die Landwirtschaftsreformen und die anderen Entwicklungsbemühungen wirklich die Investition von Kapital und Devisen erfordern, sind diese Erfordernisse in Übereinstimmung mit der Industrialisierung – Bau von Fabriken zur Produktion von Düngemitteln, Werkzeugen und landwirtschaftlichen Maschinen – nicht nur in hohem Grade produktiv, sondern in der Tat auch unabdingbar für einen vernünftigen Entwicklungsplan in der verzweifelten Lage, der wir uns in der Landwirtschaft gegenübersehen. Für die wenigen Länder, die bei fortschrittlicheren Formen der Entwicklungsplanung angekommen sind und in ihren Plänen die Notwendigkeit der Industrialisierung betont haben, lautet die Schlußfolgerung aus meiner Analyse, daß sie diese Akzentuierung so ausrichten sollten, daß sie maximal der landwirtschaftlichen Entwicklung dient, die von entscheidender Bedeutung für den Erfolg oder Mißerfolg der ganzen Entwicklungsanstrengung ist.

VI

Die Anti-Hunger-Kampagne der FAO hat die Tatsache der extrem niedrigen Produktivität von Land und Arbeitskraft in der Dritten Welt unterstrichen. Volkreiche Länder mit Hunderten von Millionen Einwohnern – wie Indien, Pakistan und die Türkei, die alle drei mehr als zwei Drittel ihrer Arbeitskräfte in der Landwirtschaft beschäftigen – geraten in immer größere Abhängigkeit von den USA, um sich zu ernähren. Südasien insgesamt hat sich in den vergangenen Jahrzehnten in bezug auf Nahrungsmittel aus einer Überschuß- in eine Mangelregion verwandelt. Die Pro-Kopf-Produktion an Nahrungsmitteln in Lateinamerika steht seit mindestens einem Jahrzehnt still, und ihr Niveau ist heute niedriger als vor einer Generation. Die FAO hat berechnet, daß nahezu die Hälfte der Weltbevölkerung unter Hunger oder gesundheitsschädlicher Mangelernährung oder beidem leidet – diese Hälfte der Menschheit lebt in den unentwickelten Ländern. In der Tat, die Masse der Unterernährten findet man in der Landwirtschaft. Unter Einbeziehung des Bevölkerungswachstums berechnet die FAO weiter, daß die gesamte Nahrungsmittelversorgung bis 1980 verdoppelt und bis zum Jahr 2000 verdreifacht werden muß, um ein annehmbares Ernährungsniveau für alle Völker zu garantieren. Aufgrund meiner eigenen Untersuchungen neige ich zu der Annahme, daß dies eher eine Unter- als eine Überschätzung ist.

Zwei Dinge sind klar: Erstens, die Steigerung der landwirtschaftlichen Produktion muß hauptsächlich in den unentwikkelten Ländern stattfinden, was eine scharfe Wendung der gegenwärtigen Entwicklungskurve der landwirtschaftlichen Produktion dort implizieren würde. Zweitens, die Nichterreichung dieses Ziels würde eine Katastrophe zur Folge haben, an deren globale Bedeutung und Wirkung man nur mit Schaudern denken kann.

1965

Die Landreform in ihrem größeren wirtschaftlichen und sozialen Rahmen*

I

Unter Landreform verstehen wir eine geplante, legale und institutionelle Reorganisation des Verhältnisses zwischen Mensch und Land. Aus offensichtlichen Gründen interessieren uns in dieser Hinsicht vorrangig die Verhältnisse, wie sie in jenem größeren Teil der Welt herrschen, den wir den unentwickelten nennen. In diesen Ländern ist in der Regel weit mehr als die Hälfte des Arbeitskräftepotentials in der Landwirtschaft beschäftigt – in vielen von ihnen drei Viertel oder gar vier Fünftel. Aber die Produktivität von Mensch und Land ist dort so niedrig, daß immer mehr dieser Länder nicht einmal ihr eigenes Volk ernähren können. Hunger ist dort an der Tagesordnung, und wie üblich stellen die ärmeren Massen der landwirtschaftlichen Bevölkerung die Mehrheit derer, die unterernährt sind. Gegenwärtig besteht der Trend zu einer Verschlechterung dieser ernsten Lage.

Das wahre Proletariat der Welt sind daher die Landarbeiter in den unentwickelten Ländern, einschließlich der landlosen Arbeiter, der Teilpächter, der meisten anderen Pächter und selbst der Mehrheit der Bauern, die ein winziges Stück Land besitzen. Unter den zwischenstaatlichen Organisationen in der Familie der Vereinten Nationen trägt, entsprechend ihrer Charta, die FAO die Verantwortung dafür, das wirtschaftliche Niveau dieses riesigen Landproletariats zu heben und den Ernährungsstandard der Massen zu verbessern – zwei Ziele, die sich als weitgehend identisch herausstellen. Darum habe ich die FAO immer als die, potentiell noch mehr als

* Eröffnungsrede auf der Zweiten Weltkonferenz zur Landreform, gehalten im FAO-Hauptquartier in Rom am 20. Juni 1966.

aktuell, wichtigste der spezialisierten internationalen Agenturen angesehen.

Die Aufgabe dieser Weltkonferenz und ihrer verschiedenen Arbeitsgruppen ist es, dieses umfassendere Problem der Landwirtschaft unter dem besonderen Blickwinkel der dringend nötigen Landreform zu studieren. Die Experten aus vielen Ländern, die hier versammelt sind, werden ihr Wissen und ihre Erfahrung zusammentragen, um zu einer Einschätzung wirkungsvollerer Aktionsprogramme in bezug auf die Landreform zu kommen. In ihren Erwägungen wird sichtbar werden, daß die Verhältnisse kompliziert sind und sich von Land zu Land stark unterscheiden, aber auch, daß das effektive Landreformprogramm in den verschiedenen Ländern jeweils spezifisch geplant werden muß. Ganz generell kamen wir lange vor dieser Konferenz zu der allgemeinen Schlußfolgerung, daß kein Typ der Reorganisation von Besitz und Pacht des Landes maximalen Nutzen erbringen kann, wenn er nicht mit politischen Anstrengungen in vielen anderen Bereichen verknüpft ist, z. B. in dem des Marketing, der Landwirtschaftskredite, der Beratungsdienste, der verbesserten Bildung von Kindern und Erwachsenen.

Mir wurde auf dieser Konferenz die Aufgabe übertragen, eine gedrängte Zusammenfassung der allgemeinen Probleme der Landreform zu liefern, wie sie sich uns in Form der sozialen und wirtschaftlichen Lage in den unentwickelten Ländern und der Welt insgesamt stellen, sowie der vorherrschenden Trends zur Veränderung dieser Lage. Ich werde in sehr groben Verallgemeinerungen sprechen müssen, ohne auf Ausnahmen und Unterschiede hinweisen zu können. Viel von dem, was ich zu sagen habe, wird außerdem bruchstückartig bleiben müssen, da die Zeit zu kurz ist, um auch nur annähernd eine befriedigende Darstellung meiner Begründungen und Beweise zu geben.

II

In den unentwickelten Ländern und in der Welt insgesamt ist die Landreform durch zwei hauptsächliche Überlegungen motiviert worden: zum einen durch die Forderung nach größerer sozialer und wirtschaftlicher Gleichheit und zum anderen durch das Bedürfnis nach höherer Produktivität. Historisch ist die Forderung nach mehr Gleichheit in den meisten unentwickelten Ländern das primäre Interesse gewesen, und sie hat der politischen Debatte über die Landreform und auch der (bis heute ziemlich wirkungslosen) Gesetzgebung ihren Stempel aufgedrückt.

Diese Forderung nach mehr Gleichheit muß vor dem Hintergrund der großen Ungleichheit gesehen werden, die für die Landbevölkerung in der Dritten Welt charakteristisch ist, wenn auch in sehr unterschiedlichem Maße. Der begrenzte und ungleichmäßig verteilte Landbesitz ist fast überall die Hauptstütze dieser Ungleichheit und der Starrheit, mit der sie aufrecht erhalten wird. Die ungleiche Klassenstruktur, gekennzeichnet durch Besitz oder Nicht-Besitz von Land, wird durch Unterschiede in der ethnischen Herkunft und Kasten oder kastenähnliche Unterscheidungen untermauert. Land zu besitzen verleiht Status und Macht, während landlos zu sein heißt, deklassiert und abhängig zu sein. Und da Macht – sowohl national als auch besonders lokal – in der Regel von den Oberschichten monopolisiert wird, gleich welche Regierungsform besteht, hat die ungleiche Organisation der Agrargesellschaft politischen Widerstand gegen Landreformgesetze zur Folge und oft dazu geführt, daß solche Gesetze nach ihrer Verabschiedung gänzlich ineffektiv angewendet wurden.

Die ungleichgewichtige Struktur erscheint auch in anderen Wirtschaftssektoren dieser Länder. Obwohl die Statistiken über die Verteilung von Reichtum und Einkommen sehr unzureichend sind, führt das dürftige Material, das man bekommen kann, zu der Schlußfolgerung, daß es in den armen Ländern größere Ungleichheit gibt als in den reichen entwikkelten Ländern und daß obendrein der Trend dahingeht, die Ungleichheit zu verstärken. In der Landwirtschaft führt schon das Bevölkerungswachstum auf vielerlei Wegen zur Erweiterung und Verhärtung der Ungleichheit.

Um diesem Sachverhalt etwas von seiner Schärfe zu nehmen, wird immer wieder darauf hingewiesen, daß die heute entwickelten Länder in den frühen Stadien ihrer Entwicklung ebenfalls die Erfahrung wachsender wirtschaftlicher Ungleichheit gemacht haben und daß dies sogar eine positive Rolle in ihrer Entwicklung gespielt habe, da eine Klasse von kapitalistischen Unternehmern entstand, die aus ihren hohen Profiten für eine Zunahme der Ersparnisse sorgten, die dann Investitionen in die wirtschaftliche Entwicklung ermöglichten. Diese Analogie ist jedoch von zweifelhaftem Wert, denn die unentwickelten Länder zeigen allgemein kein rasches Wirtschaftswachstum, ja, wie wir wissen, ist in einigen dieser Länder eine Entwicklungstendenz gegenwärtig rückläufig. Die landbesitzenden Klassen haben kaum Interesse an einer hohen Sparrate und produktiver Investition, sondern leisten sich einen auffälligen Konsum. Es spiegelt ihre Macht wider, daß die eingeführte direkte progressive Steuer die oberen Schichten in der Landwirtschaft ausspart und vor allem die städtischen Unternehmer trifft – soweit es diesen nicht gelungen ist, durch Tricks die Steuer zu umgehen.

Abgesehen von alledem, gibt es eine Reihe von Umständen, die die große, oft wachsende Armut der ländlichen Massen zu einem mächtigen Hindernis für die wirtschaftliche Entwicklung machen. Zunächst einmal gibt es die Kausalbeziehung zwischen wirtschaftlichem und sozialem Status; die Armut der unteren Schichten stärkt bei gegenseitiger und kumulativer Wirkung ihr soziales Unvermögen und umgekehrt.

Eine ungleiche und rigide soziale Schichtung – Fehlen von

Mobilität und freiem Wettbewerb in einem viel weiteren Sinn, als diese Begriffe gewöhnlich von den Ökonomen verstanden werden – ist unter allen Bedingungen dem wirtschaftlichen Wachstum abträglich; wirtschaftliche Ungleichheit tendiert daher durch Unterstützung sozialer Ungleichheit dazu, die Entwicklung zu behindern.

Wenn die Armen Geld borgen, Produktions- und Konsumtionsmittel kaufen und ihre Arbeitsprodukte verkaufen müssen, sind die ihnen gewährten oder empfohlenen Preise nicht durch einen Marktprozeß bestimmt, sondern durch einen »Erpressungs-Prozeß«, in dem die bestimmenden Faktoren soziale und wirtschaftliche Macht, etabliert und gefestigt durch Tradition, sind.

Außerdem ist der Lebensstandard der Massen in den meisten dieser Länder so niedrig, daß ihr Arbeitseinsatz und besonders ihre Arbeitsleistung niedrig gehalten werden. Ein höheres Niveau der Ernährung, der Kleidung, Wohnung, Gesundheitspflege und natürlich der Gesundheits- und Bildungseinrichtungen würde gleichzeitig eine »Investition« sein in dem Sinn, daß es die Quantität und die Qualität ihres Arbeitseinsatzes steigern und ihnen helfen würde, sich Schritt für Schritt von Fatalismus und Apathie zu befreien.

Meine Schlußfolgerung an dieser Stelle ist daher, daß – abgesehen von Erwägungen sozialer Gerechtigkeit, die in Nationen, die sich anschicken, sich zu modernisieren, einen Eigenwert haben – mehr Gleichheit einen instrumentellen Wert als Vorbedingung für höhere Produktivität besitzt.

Oft wird dem entgegengehalten, die Aufsplitterung von Landbesitz in Farmen, die einzelnen Familien gehören, sei der Produktivität von Land und Arbeitskraft abträglich. Ich glaube, dieses Argument gegen die Landreform ist schwach. Wo größere Landgüter wirklich als Produktionseinheiten funktionieren, werden sie oft nicht sehr effektiv verwaltet. Und wo es Teilpacht und andere Formen des Pachtwesens gibt, ist das Land bereits in einer Weise aufgesplittert, die sich kaum von dem unterscheidet, was das Resultat wäre, wenn man das Land denen überließe, die es bebauen.

Wichtiger aber ist, daß Landreform, auf die ich jetzt zurückkomme, nicht notwendigerweise voraussetzt, daß man das Land aufsplittert, auch wenn dies oft der zweckmäßige Weg ist. Und die Landreform sollte von vielen anderen politischen Maßnahmen begleitet sein, um das zu ersetzen und merklich zu verbessern, was immer jetzt der Grundherr seinen Arbeitern oder Pächtern an Anleitung oder Hilfe geben mag. Ich sehe also nicht den geringsten Widerspruch zwischen den zwei Arten der Motivation für Landreform: größere soziale und wirtschaftliche Gleichheit zu erreichen und höhere Produktivität; sie sollten sich vielmehr gegenseitig stützen: größere Gleichheit wird höhere Produktivität leichter erreichbar machen; gleichzeitig wird höhere Produktivität den Raum für Reformen erweitern.

III

Meine Argumentation, bislang sehr abstrakt, wäre im Prinzip auf die unentwickelten Länder vor einer Generation und heute gleichermaßen anwendbar. Heute sind jedoch mächtige und bedrohliche Veränderungen im Gange – zusätzlich zu der bereits genannten Tendenz zu wachsender wirtschaftlicher Ungleichheit, die eine radikale Landreform unabdingbar machen.

Einer dieser Trends ist das rasche, beschleunigte Bevölkerungswachstum. Da wir es ablehnen, die Anwendung moderner medizinischer Technologie zur Senkung der Sterbeziffer zu verhindern – was ein Grund für die steigende Rate des Bevölkerungswachstums ist –, besteht die einzige Hoffnung, die Bevölkerungsentwicklung zu ändern, in der Verbreitung der Geburtenkontrolle unter den Massen. Doch in Anbetracht der Lebensweise, des Lebensstandards, des Bildungsniveaus dieser Massen wird dies nicht spontan geschehen. Selbst wo es eine auf die Verbreitung der Geburtenkontrolle zielende Regierungspolitik gibt, und selbst wenn diese Politik effektiv durchgeführt wird, wird sich eine wesentliche Senkung der Geburtenquote erst allmählich ergeben. Ein zweiter Trend besteht in einer während der letzten Jahre sichtbar gewordenen Verlangsamung des Wirtschaftswachstums; dieser Trend ist natürlich nicht ohne Beziehung zu dem raschen Bevölkerungswachstum. Im großen und ganzen hat die Nahrungsmittelproduktion in Asien, Afrika und Lateinamerika in den vergangenen Jahren nicht mit der Bevölkerungsentwicklung Schritt gehalten; sie hat dort ein niedrigeres Niveau als vor dem Krieg. Dies ist deshalb so ernst, weil die Massen in diesen Ländern jetzt schon an Unterernährung leiden.

Ein dritter Trend ist das Nachlassen der Entwicklungshilfe und in der Tat des gesamten Kapitalflusses von den reichen in die armen Länder; an realem Wert sind die Kredite und die Direktinvestitionen in jüngster Zeit eher tendenziell rückläufig – ausgenommen die Hilfe in Form von Nahrungsmitteln, auf die ich noch zurückkommen werde. Mittlerweile sind die Auslandsschulden und die fälligen Rückzahlungsraten erheblich gestiegen und eine wachsende Belastung der Zahlungsbilanz.

Diese drei Trends zusammen schaffen eine sehr gefährliche Lage, die Konsequenzen für die internationalen Beziehungen hat und auch die Sicherheit und Wohlfahrt der reichen Nationen bedroht. Genauer gesagt: die nahende Hungerkrise ist die zentrale Herausforderung an diese Konferenz.

Ihre Überlegungen sind ausschließlich auf einen Problemkomplex konzentriert, den der Landreform, und es ist richtig, mit einem spezifizierten und technischen Programm zu beginnen. Aber es wäre eine Flucht vor der Realität in »fiktives Expertentum«, wenn Sie nicht die Trends, die ich aufgezeigt habe, in Betracht zögen. Sie stellen Hauptelemente in dem breiten gesellschaftlichen und wirtschaftlichen Rahmen dar, über den ich gebeten wurde zu sprechen.

IV

Die zehn oder fünfzehn Jahre der unmittelbaren Gefahr sind die, die direkt vor uns liegen; in dieser Zeitspanne ist keine große Änderung des Bevölkerungswachstums zu erwarten, und in dieser Phase müssen wir Schritt für Schritt versuchen, die Produktivität der Landwirtschaft zu erhöhen.

In der Tat könnte ein zukünftiger Geschichtsschreiber den Beginn der Hungerkrise auf einen Punkt datieren, der bereits hinter uns liegt. Wir wissen, daß große Länder wie Indien und Pakistan und viele kleinere Länder bereits ernsthaft betroffen wären, hätte es nicht die internationale Hilfe gegeben, vor allem die Nahrungsmittellieferungen ohne Gegenleistung unter P. L. 480 aus den Überschüssen der Vereinigten Staaten; im vorigen Jahr machten sie ein Drittel der gesamten Weizenernte der USA aus, und sie werden in diesem Jahr noch größer sein; tatsächlich wird ein Viertel davon allein in Indien benötigt. Partiell sind diese Nahrungsmittellieferungen eine Ausnahme von der Regel, daß die Hilfe für die armen Länder in jüngster Zeit tendenziell stagniert hat.

Als Ergebnis einer zunehmenden Nahrungsmittelhilfe in den kommenden Jahren sehe ich große Veränderungen in den internationalen Beziehungen voraus; das wird auch Folgen für die Verantwortlichkeiten der FAO haben. Von den reichen Ländern, die ziemlich leicht und wirtschaftlich ihre Nahrungsmittelproduktion erhöhen können, hauptsächlich die Getreideproduktion, kann man nicht erwarten, daß sie die finanzielle Last dieser Hilfe allein tragen, wenn es nicht mehr um einen bereits vorhandenen Überschuß geht. Von anderen reichen Ländern wird man verlangen, daß sie einen angemessenen Teil der Kosten übernehmen; aber sie werden natürlich nicht bereit sein, nationale Programme der Vereinigten Staaten zu subventionieren. Folglich wird die Nahrungsmittelhilfe internationalisiert werden müssen, entsprechend den Vorschlägen des Welternährungsprogramms, das in der Größenordnung eines Experiments jetzt schon erfolgreich funktioniert. Es wird zwischenstaatliche Warenabkommen geben müssen, die auch den kommerziellen Weltmarkt für Getreide regeln – oder vielmehr die Gründe für den Abschluß solcher Abkommen werden sehr verstärkt werden. Andere Regierungsabkommen werden nötig sein, um für die Bezahlung von Nahrungsmittellieferungen aus einigen unentwickelten Ländern zu sorgen, die mehr produzieren, als sie verbrauchen, und die veranlaßt werden können, einen noch größeren Überschuß zu produzieren, obwohl sie es sich nicht leisten können, ihre Nahrungsmittel zu »verschenken«.

Schließlich kann man von den reichen Ländern nicht erwarten, daß sie ihre Hilfe derart erhöhen ohne die Gegenleistung, daß die Empfängerländer effektive Maßnahmen ergreifen, um ihre Landwirtschaftsproduktion zu steigern, und eine Politik zur Verbreitung der Geburtenkontrolle in die Wege leiten. Man wird die Landwirtschafts- und Bevölkerungspolitik nicht diesen Ländern als ihre ausschließliche Angelegenheit überlassen können. Wenn einmal die Nahrungsmittelhilfe internationalisiert ist und dieser politische Druck von zwischenstaatlichen Organisationen ausgeübt wird, in denen die Empfängerländer vertreten sind und ihre Stimme haben, wird er eher akzeptiert werden, als wenn er von einzelnen reichen Ländern käme.

Diese Vision der internationalen Auswirkungen der kommenden Hungerkrise ist zugleich meine Prognose, wie die Dinge sich werden fügen müssen. Es gibt eine Logik in dem Spiel der Interessen und der daraus resultierenden Ereignisse, wenngleich Weisheit in den Entscheidungen verschiedener Nationen die Lösung des Problems, mit dem wir konfrontiert sind, beschleunigen oder behindern kann.

Doch selbst im besten Fall kann die Nahrungsmittelhilfe, die von den reichen Ländern an die bedürftigen Länder gegeben wird, nichts anderes als eine provisorische Operation sein, die die volle Wucht der bevorstehenden Hungerkrise mildert und hinausschiebt. Berechnungen, die man durchgeführt hat, demonstrieren überzeugend, daß – selbst wenn man nur die Befriedigung des wachsenden Kalorienbedarfs in Rechnung stellt – das Ernährungsdefizit in der Dritten Welt bald jede Produktionssteigerung in den reichen Ländern übersteigt, wenn die Landwirtschaftsproduktion der armen Länder nicht bald erheblich intensiviert wird. Die Hauptschlußfolgerung ist also, daß es dringend einer Politik bedarf, von der man ohne Verzögerung eine Erhöhung der Nahrungsmittelproduktion in der Dritten Welt erwarten kann.

V

An dieser Stelle unseres Gedankenganges wird eine allgemeine Beobachtung wichtig. Was es bisher an Erhöhung der landwirtschaftlichen Produktion in den meisten unentwickelten Ländern gegeben hat, war auf die Erweiterung des bebauten Landes zurückzuführen, während die Hektarerträge fast überhaupt nicht gestiegen sind, sondern auf dem traditionell niedrigen Niveau stagniert haben. Diese Reserve nimmt jedoch in Ländern mit einer hohen Bevölkerungsdichte rasch ab, die Kosten der Urbarmachung sind überdies hoch; das Gebiet des Nahrungsmittelanbaus auf Kosten der profitableren Produktion anderer Landwirtschaftsprodukte zu vergrößern, ist ebenfalls unwirtschaftlich. Wenn die landwirtschaftliche Produktion wesentlich erhöht werden soll, wird man die Erträge steigern müssen. Die Tatsache, daß einzelne Länder erfolgreich die Erträge erhöht haben, sollte uns Grund zur Hoffnung geben.

Ein Mittel zur Erhöhung der Erträge allgemein ist die Anwendung einer produktiven Technologie. Das gelingt selten dadurch, daß man Produktionstechniken von den reichen Ländern übernimmt, wo die Erträge höher sind und stetig steigen. Dafür gibt es zwei hauptsächliche Gründe. Die spezialisierte und den örtlichen Gegebenheiten angepaßte Forschung über Boden, Klima, Wasser in den tropischen und subtropischen Gebieten, die für eine maximal erfolgreiche Wiederanwendung dieser Techniken nötig wäre, existiert nicht. Und im Gegensatz zu dem, was in den reichen Ländern geschah, wo von Anfang an das Arbeitskräftepotential in der Landwirtschaft zurückging, müssen die Produktionstechniken in der Dritten Welt einem kontinuierlichen Zuwachs an Arbeitskraft in der Landwirtschaft angepaßt werden.

All dies schließt ein, daß die neue landwirtschaftliche Technologie, deren Anwendung die Erträge in den unentwickelten Ländern wesentlich erhöhen könnte, sich von der Technologie unterscheiden müßte, die mit immer größerem Erfolg mit dem gleichen Ziel in reichen Ländern angewendet wurde. Sie muß auf programmierter, praktisch ausgerichteter, spezialisierter und den lokalen Verhältnissen angepaßter Forschung begründet werden; und sie muß extrem und in wachsendem Maße arbeitsintensiv sein, um Arbeit für das sehr mangelhaft ausgenutzte Arbeitskräftepotential in der Landwirtschaft zu beschaffen.

Dies sind Forschungsaufgaben, die gegenwärtig nicht erfüllt werden – und oft selbst von den Agrartechnologen nicht klar gesehen werden –, aber die erfüllt werden können, indem der Forschung genügend Mittel zugeführt werden. Ohne eine radikale Erhöhung der der Forschung zugehenden Ressourcen können wir nicht in den Besitz jener hohen Technologie gelangen, deren Anwendung die Erträge um soviel verbessern könnte, wie nötig ist, um die den gegenwärtigen Trends zur Veränderung innewohnenden Gefahren abzuwenden.

VI

Aber Technologie allein genügt nicht; sie muß angewendet werden, und damit erheben sich Probleme des Wissens, der Verhaltensweisen und der sozialen Institutionen. Es ist eine

Tatsache, daß eine wesentliche und rasche Zunahme landwirtschaftlicher Erträge selten im überkommenen Ackerbau – sei er nun auf den Eigenbedarf oder anders ausgerichtet – eingetreten ist, wo der Lebensstandard der Massen niedrig war, wo Analphabetentum, ansteckende Krankheiten und allgemeine Apathie vorherrschen, und wo die Beziehung zwischen Mensch und Land derart ist, daß sie niemandem viel Anreiz gibt, gleichgültig, ob er den unterprivilegierten oder den privilegierten Klassen angehört, neue Techniken zu benutzen, zu investieren oder sich in irgendeiner Weise anders anzustrengen, als es überliefert ist.

Dieser letzte Grund für den Widerstand gegen die Bemühungen, die Erträge in der Landwirtschaft zu erhöhen, ist es, mit dem sich diese Konferenz hauptsächlich beschäftigt. Um voll und ganz den größeren gesellschaftlichen und wirtschaftlichen Rahmen der Landreform einschätzen zu können, müssen noch mehrere wichtige Beobachtungen dargestellt werden. Zunächst die folgende: Monopol des Landbesitzes bedeutet Monopolisierung sozialer und wirtschaftlicher Macht. Wie ich bereits erwähnt habe, wird traditionell Macht über Kredite und Angebot und Nachfrage fast jeder Ware, einschließlich der Arbeitskraft, ausgeübt. Es gibt keine »Märkte« in dem Sinn, wie die Ökonomen diesen Begriff verstehen, oder doch nur sehr unvollständige. Tatsächlich stehen die örtliche Verwaltung – welche der Gesetzgebung Wirkung verleihen sollte – und oft die nationale Verwaltung und selbst die Regierung unter dem Einfluß des Systems der Machtelite. Ein bloßer Wechsel des Landbesitzes oder der Pachtrechte genügt nicht – und wird gewöhnlich nicht einmal versucht, oder er wird in der Praxis unzulänglich realisiert, wenn nicht andere institutionelle Reformen gleichzeitig eingeleitet werden.

Deshalb ist man allgemein der Meinung, daß die Landreform begleitet sein muß von Anstrengungen, den Markt zu rationalisieren. Wichtig ist aber, daß diese anderen Reformen nicht als ein Ersatz für die Landreform verstanden werden. Wenn z. B. die kommunale Entwicklung, landwirtschaftliche Beratungsdienste und die Versuche, Genossenschaften anzuregen oder auf andere Weise Kredit und Markteinrichtungen zu verbessern, oft weniger Erfolg hatten als erwartet, so liegt die Haupterklärung darin, daß sie in der Praxis die Frage der Gleichheit vernachlässigt haben; sie haben meist statt den Armen den Reichen Nutzen gebracht.

Was nötig ist, ist ein koordinierter Angriff auf Ungleichheit, Armut und niedrige Produktivität, der die Landreform, kommunale Entwicklung, landwirtschaftliche Beratungsdienste, Kooperation und viele andere Anstrengungen zur Entwicklung des Landes nicht voneinander isoliert, sondern als kombinierte Politik plant und verfolgt. Konkreter gesagt: ohne Maßnahmen zur Reduzierung des Monopols über den Landbesitz ist es unrealistisch, von Reformen mehr als Stückwerk zu erwarten.

Diese kombinierte Operation muß, um wirksam zu sein, auch die Erziehung einbeziehen. Dabei genügt es nicht, den Schulbesuch zu intensivieren. Auch die Erwachsenenbildung muß gefördert werden, um sowohl die Schulausbildung der Kinder effektiver zu machen als auch die Analphabetenquote schneller zu senken. Bei einer niedrigeren Quote von funktionalen Analphabeten werden alle anderen Anstrengungen bessere Resultate erbringen.

Worum es hier geht, ist natürlich die Notwendigkeit, durch Erziehung zu modernisieren und Verhalten und soziale Institutionen tatsächlich zu ändern. Die Landreform und, allgemeiner gesprochen, politische Anstrengungen, die Marktposition der armen Landbesteller und Arbeiter zu stärken, sind jedoch ein Bestandteil der Modernisierung, und ohne sie werden keine anderen politischen Unternehmen Erfolg bringen.

Eine vernünftige Landreform muß man in verschiedenen Ländern verschieden planen. Ein Land wie Indien könnte beispielsweise nach seinen wenig ermutigenden Erfahrungen mit der Landreform auf eine kapitalistische Landwirtschaft setzen, die es den erfolgreichen Farmen, die es am besten verstehen, die verschiedenen Arten von Hilfe durch kommunale Entwicklung, Genossenschaften und Beratungsdienste zu nutzen, gestattet, frei zu expandieren und ihre Landgüter zu vergrößern. Gleichzeitig könnte man den landlosen Arbeitern kleinere Landstücke als Besitz überlassen, damit sie ihre Einkünfte aufbessern und den sozialen Status des Landbesitzers gewinnen. Die Teilpacht ist im allgemeinen eine unproduktive Form der Landbewirtschaftung; die Teilpächter sollten entweder Land bekommen oder Landarbeiter werden. Mit dem Wachsen der Erträge könnte eine Sozialgesetzgebung zum Schutze der wirtschaftlichen Interessen der Arbeiter eingeführt und auch wirksam gemacht werden.

Die Durchführung eines solchen Programms im traditionsgebundenen Indien wäre in der Tat eine radikale Landreform sowohl im Interesse größerer Gleichheit als auch höherer Produktivität. Auf jeden Fall wäre es das kleinere Übel im Vergleich zu der Ideologie der totalen Vergesellschaftung des Landes und einer dieser Ideologie entsprechenden Gesetzgebung.

Dies soll kein Vorschlag sein. Meine Absicht ist nur zu betonen, daß die Landreform viele Formen annehmen kann und daß wir, wenn wir die Frage in einem weltweiten Zusammenhang betrachten, nicht davon ausgehen sollten, daß die Lösung in allen Ländern gleich sein muß.

VII

Die Veränderungstrends, die ich dargestellt habe, müssen dieser Konferenz vernünftigerweise ein Bild großer Dringlichkeit vermitteln. Die Zeit läuft uns davon. Um eine Katastrophe abzuwenden, stehen wir unter dem Imperativ, innerhalb der kommenden zehn oder fünfzehn Jahre eine wesentliche Anhebung der Landerträge in den unentwickelten Ländern zu bewerkstelligen. Dies setzt die Schaffung einer neuen Technologie voraus, indem wir unser Wissen vermehren und es den Verhältnissen in diesen Ländern anpassen – hinsichtlich Boden und Klima und, nicht zuletzt, der Proportionen zwischen den Produktionsfaktoren, die wir mit großer Verläßlichkeit für mehrere Jahrzehnte im voraus bestimmen können. Weiterhin setzt es einen entschiedenen Vorstoß in Richtung einer Modernisierung voraus, einschließlich der des Verhältnisses zwischen Mensch und Land; andernfalls wird die neue Technologie nicht erfolgreich angewendet werden können. Spekulationen und Hoffnungen auf langfristige Wirkungen gehen an der Sache vorbei; die kurzfristige Perspektive ist es, die zählt. Ich wüßte von keiner Situation, in der John Maynard Keynes' Ausspruch »Langfristig sind wir alle tot« in solchem Maße Gültigkeit besäße.

Da die Reformen einen radikalen Wandel überlieferter Verhältnisse mit sich bringen, und da sie mit großer Geschwindigkeit geplant und durchgeführt werden müssen, ist ein Kern Wahrheit in der so oft von intellektuellen und politischen Führern in unentwickelten Ländern aufgestellen These, daß eine wirtschaftliche und gesellschaftliche Revolution nötig ist. Das praktische Problem ist, ob ihre Verwirklichung die Apathie und den von etablierten Interessen gestützten Widerstand überwinden kann. Bekanntlich hat es in vielen Ländern trotz der zahlreichen politischen Coups wenig grundlegende ökonomische und soziale Veränderungen gegeben. Es ist eine ernste Sache, daß bis heute die einzige größere ökonomische und soziale Veränderung in der Dritten Welt die Bevölkerungsexplosion gewesen ist.

Es ist auch eine Frage der finanziellen Mittel. Die Landreform selbst ist teuer, wenn die enteigneten Landbesitzer entschädigt werden sollen. Und auch die anderen Moderniesierungsmaßnahmen verlangen riesige Kosten, wenn sie entsprechend den Veränderungstrends innerhalb kürzerer Zeitabschnitte realisiert werden sollen. Selbst die Suche nach einer neuen Technologie setzt die Zuteilung von knappen Geldmitteln voraus. Es ist einfach eine Tatsache, daß die entwickelten Länder – auch wenn sie sich ganz und gar der Trends, denen sie gegenüberstehen, bewußt sind – nicht über die finanziellen und personellen Ressourcen verfügen, um die Reformen in dem notwendigen Maße zu beschleunigen und rasch Resultate zu erzielen.

Ich bin seit langem der Meinung, die reichen Länder sollten bereit sein, bei der Durchführung der Landreform und aller anderen Reformen, die notwendig sind, um die Steigerung der landwirtschaftlichen Erträge zu ermöglichen, freizügige finanzielle und personelle Hilfe gewähren. Wenn sie sich, wie ich voraussehe, zunehmend an einer umfangreichen Hilfsoperation beteiligen, und wenn sie sich der Tatsache bewußt sind, daß dies bestenfalls eine provisorische Operation sein kann und nicht mehr, ist es wohl nicht allzu optimistisch, darauf zu vertrauen, daß sie auch mehr und mehr den armen Ländern ihre eigene landwirtschaftliche Produktion modernisieren und die Erträge steigern helfen werden. Ein notwendiges Element dieses Modernisierungsvorstoßes ist die Landreform.

Aber das setzt in den meisten unentwickelten Ländern selbst eine grundlegende Gesinnungsänderung voraus. Es setzt voraus, daß diese Länder, oder vielmehr diejenigen, die in diesen Ländern an der Macht sind, beginnen, die Reorganisation der Beziehungen zwischen dem Landmann und dem Land, das er bebaut, ernst zu nehmen. Es ist schlimm genug, daß etablierte Interessen in so vielen Ländern aus der Landreform einen Schwindel gemacht haben. Das trägt nicht wenig zu der schweren Lage bei, in der wir uns heute befinden. Die FAO hat sich jahrelang mutig und kompetent um die Landreform bemüht, und ich habe das Gefühl, in den letzten

Jahren hat sie Ergebnisse insofern erzielt, als in vielen Ländern das Interesse, etwas Effektives zur Lösung des Problems zu tun, größer geworden ist.

VIII

Ich habe meine Befürchtungen für die nächste Zukunft ausführlich erörtert. Lassen Sie mich schließen, indem ich meinen Hoffnungen Ausdruck verleihe. Da die bedrohlichen Änderungstrends sich entfalten, werden die reichen, entwickelten wie die armen, unentwickelten Nationen zu einem gemeinschaftlichen Vorgehen gezwungen werden, um die Hungrigen zu ernähren und die Erträge in der Dritten Welt zu steigern. Es wird keinen Raum für Selbstgefälligkeit in beiden Gruppen mehr geben. Nicht nur Getreide, auch Ideen werden die nationalen Grenzen überqueren. Aus dieser intensivierten, umfassenden Kommunikation von Ideen kann eine erhöhte Bereitschaft für rasche, radikale ökonomische und soziale Reformen und für wirklich wesentliche Beteiligung und Hilfe erwachsen. Man wird internationalen Druck ausüben; die reichen Länder müssen auf Reformen in den unentwickelten Ländern drängen; und diese wiederum werden gezwungen sein, von den reichen Ländern Hilfe zu verlangen, damit sie die Reformen durchführen können.

Der Grund, weshalb ich auf eine größere internationale Kooperation als Endergebnis hoffe, liegt darin, daß beide Arten, internationalen Druck auszuüben, jeweils eine positive Antwort bei jenen Menschen in der anderen Ländergruppe finden werden, die am besten die Realität erkennen; denn sie sind diejenigen in den unentwickelten Ländern, die für Reformen eintreten, und diejenigen in den reichen Ländern, die daheim auf größere Opfer drängen. Mehr Reformen in den unentwickelten Ländern werden in den reichen Ländern Hilfe sinnvoller erscheinen lassen, mehr Hilfe hingegen wird den Umfang möglicher Reformen erweitern. Diese Weltkonferenz zur Landreform kann als Katalysator dienen, um alle Menschen dazu zu veranlassen, in dieser konstruktiven Weise auf die bedrohlichen Veränderungstrends zu reagieren.

1966

Stimmt etwas nicht mit dem Wohlfahrtsstaat?*

Es gibt eine weitverbreitete These, der zufolge die Schweden durch zuviel Wohlfahrt und Sicherheit geistig und moralisch Schaden genommen hätten. In einer Gesellschaft, deren Organisation die Lebensrisiken ausschalte, kämen Initiative und Wagemut zu kurz, die Leute würden geistig frustriert und unglücklich. So etwa lautet die Theorie von der Malaise im Wohlfahrtsstaat. Offen gesagt, ich halte das alles für Geschwätz. Diese Art Argumentation gleicht zu offensichtlich derjenigen über die »sauren Trauben«: sie stellt sich als Kompensation und Rationalisierung des Neides heraus. Schweden ist heute das reichste Land Europas. Zwar haben die USA ein etwas höheres Pro-Kopf-Einkommen, aber die Statistik erfaßt nicht die Nachteile einer weniger perfekt organisierten Gesellschaft, sie erfaßt insbesondere nicht die Mißstände in den riesigen Slums. Wenn wir die an Zahl geringere Klasse der sehr Reichen aus dem Vergleich ausnehmen, dann geht es heute dem Durchschnittsschweden genauso gut oder sogar ein wenig besser als dem Durchschnittsamerikaner. Die Amerikaner, die ja selbst unter dem Odium leiden, als reich zu gelten, sollten am ehesten verstehen können, daß Schwedens Reichtum, einmal ganz abgesehen von seiner fortschrittlichen Sozialpolitik, genügend Gründe dafür liefert, ein Haar in der Suppe zu finden.

Eine weitere Beobachtung, die helfen kann, den Ursprung der verbreiteten Theorie über die Malaise im Wohlfahrtsstaat zu entdecken, besteht darin, daß diese Ansicht sowohl von Radikalen als auch Konservativen im Ausland geteilt wird. Den Radikalen erscheint es skandalös, daß in Schweden in mehr als dreißig Jahren eine sozialdemokratische Arbeiterregierung keinerlei Verstaatlichung vorgenommen hat. Ihnen

* Artikel für das *New York Times Sunday Magazine* (21. Januar 1966).

gilt das fortgeschrittene System sozialer Sicherheit als ein billiger Ersatz für den Sozialismus – ein Ersatz, der zudem revolutionäre Veränderungen verhindern könnte, indem er zwar das Elend der Armen beseitigt, aber die Macht fest in der Hand der Kapitalisten beläßt. Die Konservativen im Ausland hassen diesen Typ von Gesetzgebung ihrerseits fast so sehr wie den Sozialismus. Über die Malaise der Schweden sind sich beide allerdings herzlich einig.

Die Theorie von den frustrierten und traurigen Schweden suchte sich auf einige besondere Punkte zu stützen, die jedoch sämtlich auf Irrtümern beruhen. Ein solcher Punkt ist die Behauptung einer hohen Selbstmordrate in Schweden. Eisenhower – damals schlecht beraten von den Public-Relations-Leuten, die seinen Wahlkampf organisierten – verstieg sich vor einigen Jahren zu der These, daß »ein befreundetes sozialistisches Land« für seinen Wohlfahrtsstaat neben anderen Mißgeschicken durch das Überhandnehmen von Selbstmorden bezahlen müsse. Selbst wenn man die Statistik nur oberflächlich betrachtet, ist das falsch. Viele Länder, z. B. Finnland, Ungarn, Westdeutschland, Österreich und Japan, erscheinen mit einer höheren Selbstmordrate in den offiziellen Statistiken; außerdem entspricht dem höheren Grad an Wohlfahrt keine höhere Selbstmordrate. Und schließlich ist diese Statistik mit einem starken Vorurteil belastet, durch das die offene Rate in Schweden im Vergleich zu allen oder fast allen anderen Ländern höher ausfällt.

In England gilt der Selbstmord noch als Verbrechen. In den meisten Ländern, besonders den katholischen, hält man ihn für eine schwere Sünde. In dem säkularisierten Schweden gilt er weder als Verbrechen noch als Sünde, sondern nur als bedauerliche Abweichung vom normalen Verhalten. Bei klarem Verstand begangen, interpretiert man ihn als ein Menschen- und Bürgerrecht. Auf jeden Fall handelt es sich um eine strikt private oder familiäre Angelegenheit. Es gehört zu den Tabus des schwedischen Journalismus – und keinem

Zeitungsmann würde es je einfallen, dagegen zu verstoßen –, daß man niemals Selbstmorde oder Scheidungen öffentlich herausstellt: man hält beide für Bestandteile der Intimsphäre, aus der Außenstehende sich herauszuhalten haben. Unter diesen außergewöhnlichen Umständen besteht für die Verwandten natürlich eine viel geringere Versuchung, auf eine Eintragung als Unfall zu drängen, wenn ein Mann aus dem Fenster gestürzt ist oder eine Frau eine Überdosis Schlaftabletten genommen hat.

Ein anderes, im Ausland verbreitetes Vorurteil über Schweden ist das von der sexuellen »Libertinage«. Unklar ist, wie diese »Libertinage« ein Zeichen von Frustration sein könnte. Zudem zeigen die Studien über Sexualverhalten im Gefolge des Kinsey-Reports eine bemerkenswerte Übereinstimmung in allen westlichen Ländern; auch die zunehmende Offenheit in der Diskussion sexueller Fragen scheint allgemein zu sein. Im übrigen muß man einfach wissen, daß in Schweden die Freizügigkeit in Verhalten und Rede sich hauptsächlich auf die vorehelichen Beziehungen richtet.

Ich möchte nicht weiter auf solche abwegigen Meinungen eingehen, sondern eine grundsätzliche Frage stellen: Warum soll denn eine kausale Beziehung zwischen Wohlfahrtsstaat und Frustration bestehen? Wenn beständige Vollbeschäftigung erreicht ist, so daß Massenarbeitslosigkeit aus dem Blickfeld verschwindet; wenn es wirksame öffentliche Einrichtungen gibt, um denen zu helfen, die in einer stagnierenden Industrie Gefahr laufen, ihre Arbeitsplätze zu verlieren, so daß sogar das ausnahmsweise auftretende Risiko der Arbeitslosigkeit vermindert wird; wenn allen Bürgern im Krankheitsfall medizinische Versorgung gegen ein nur nominelles Honorar zur Verfügung steht; wenn sie im Alter eine Pension erwarten können, die in stabiler Währung zwei Drittel ihres Einkommens während ihrer besten fünfzehn Jahre ausmacht; wenn der Staat den Kindern, Witwen, Invaliden und Körperbehinderten einen menschenwürdigen Lebensstandard garantiert; wenn die Frauen im öffentlichen Dienst vor und nach der Geburt einen bezahlten Urlaub erhalten und wenn allen Frauen für verschiedene Kosten im Zusammenhang mit der Geburt eine Entschädigung zusteht; wenn alle Schulen kostenlos sind und auch die Studenten mit ihren Familien schrittweise der Notwendigkeit enthoben werden, ihren Lebensunterhalt teilweise selbst zu decken; wenn starke Anstrengungen unternommen werden, um Familien mit bescheidenem Einkommen zu einer ordentlichen Wohnung zu verhelfen usw. – warum sollen sich die Leute dann unglücklich und weniger frei fühlen?

Es gibt zwar Unannehmlichkeiten, die bei der Errichtung des Wohlfahrtsstaates entstehen. Es kommt vor, daß man in Krankenhäusern und Schulen Wartezeiten in Kauf nehmen muß, weil zuwenig Schwestern und Lehrer da sind, obwohl diese Leistungen schnell vermehrt werden. Es kommt zu inflationären Tendenzen. Schweden hat auch seinen Prozentsatz an Jugendkriminalität zu verkraften. Allgemein wird erkannt, daß heute zwar für die materiellen Bedürfnisse der Kinder und Jugendlichen, der Invaliden und Alten gesorgt ist, daß man sich aber auch um ihr Bedürfnis nach individueller Aufmerksamkeit und Fürsorge kümmern muß. Es gibt also ein Verlangen nach weiterer Verbesserung des Wohlfahrtsstaates; aber darin liegt keine Malaise.

Nein, das wirkliche Problem des Wohlfahrtsstaates besteht nicht in dem, was er den Leuten an Möglichkeiten und an Sicherheit anbietet, auch nicht darin, was er sie an Steuern kostet. Sie erhalten ihren Aufwand voll zurück (und im allgemeinen erheblich mehr); sie ziehen aus den sozialen Einrichtungen zur Befriedigung ihrer Bedürfnisse große Vorteile, z. B. die Vollbeschäftigung und Vermeidung von Arbeitskonflikten. Dies ist gerade die Erklärung dafür, daß der Wohlfahrtsstaat wirtschaftlichen Fortschritt bedeutet. Es stimmt zwar, daß eine Minderheit von Wohlhabenden für solche Sozialleistungen mehr bezahlen muß, als sie selbst davon erhält. Und diese Minderheit könnte sich in der Tat eine Zeitlang frustriert fühlen – bis sie sich daran gewöhnt hat, wie an das Wetter. Am Ende sieht sie meist ein, daß Wohlfahrt und soziale Sicherheit dieser Art dem wirtschaftlichen Wachstum in so hohem Maße förderlich sind, daß sie, gesellschaftlich gesehen, davon in der Tat profitieren.

Das wirkliche Problem – wenn es sich um ein Problem handelt – ist, daß eine Gesellschaft mit weniger Unzufriedenheit entsteht, eine Gesellschaft mit weniger brennenden sozialen Fragen und weniger Anlaß zu politischer Auseinandersetzung. Die öffentliche Diskussion erhält einen zunehmend technischen Charakter und betrifft immer weniger Punkte, die zu Konfrontationen führen. Weder Radikale noch Reaktionäre können viel Gefolgschaft finden und müssen weniger laut schreien, wenn sie nicht das Leben von Einzelgängern führen wollen. Aber die politischen Parteien, die auf Masseneinfluß angewiesen sind, sehen sich gezwungen, bei ihrer gegenseitigen Konkurrenz auf immer weitere Reformen zur Vervollkommnung des Wohlfahrtsstaates zu drängen. Das habe ich als die »künstliche Harmonie« bezeichnet – im Gegensatz zu der natürlichen Harmonie, von der die alte liberale Theorie fälschlicherweise annahm, sie stelle sich von selbst ein –; es handelt sich um die gleiche Sache, die ein schwedischer Politikwissenschaftler von seinem Standpunkt aus als »Dienstleistungsstaat« bezeichnet hat. Schweden ist in dieser Richtung weit fortgeschritten.

Einige Intellektuelle könnten nun die fehlende Dramatik bedauern, in der wir uns in führenden Rollen gefielen. Die Gesellschaft braucht aber nun keine Rebellen und feurigen Reformer mehr, ebensowenig wie sie noch Platz für die hartnäckigen Philosophen der Reaktion hat. Statt dessen benötigt sie Praktiker, Organisatoren und Bürokraten. Die fähigsten Intellektuellen werden jetzt früh in ihrem Leben zu solchen Aufgaben herangezogen, und sie scheinen glücklich zu sein, sich mit praktischen Dingen beschäftigen zu können. Aber natürlich reagieren nicht alle so. Ich will ehrlich bekennen, daß Schweden ein wenig langweilig geworden ist, während ich die USA, die unentwickelten Gebiete und die meisten anderen Länder spannend finde, wo es aufregende Probleme und Konflikte zu bewältigen gibt.

Um so natürlicher ist es, daß ausländische Intellektuelle sich gelangweilt fühlen, da sie nicht die Möglichkeit haben, zu den angepaßten Kadern von Mitarbeitern bei der Führung des Wohlfahrtsstaates zu stoßen. Ich möchte annehmen, daß die vielen Artikel über die Malaise im Wohlfahrtsstaat von dieser Art intellektueller Besucher geschrieben wurden – ausgenommen die mit höchsten Fähigkeiten, die ihr Denken stärker unter Kontrolle haben. Solche Leute begehen freilich einen entscheidenden Fehler, wenn sie ihre eigene Langeweile beim Anblick einer zufriedenen Gesellschaft, die keinen Bedarf für ihre Art von besonderem Talent hat, in ein Urteil darüber verwandeln, was in den Köpfen von Durchschnittsschweden vor sich geht.

Intellektuelle haben noch einen weiteren Grund zum Mißmut. Unzweifelhaft ist mit dem Ansteigen der materiellen Wohlfahrt und Sicherheit für die Massen nicht jene starke Steigerung des kulturellen Interesses einhergegangen, das unserer Ansicht nach aus den sozialen Reformen hervorgehen mußte, als wir noch um sie kämpften. Wir waren z. B. fest der Meinung, daß der vierwöchige bezahlte Urlaub auch für andere Zwecke verwendet würde als diejenigen, die wir nun beobachten können. Aber dabei handelte es sich eben um einen Fehler in unseren Prognosen. Zuallerletzt sollte man das für ein Zeichen von Malaise im Volk halten. Offensichtlich strebt die Mehrheit gar nicht so sehr nach Kultur, wie wir romantischerweise annahmen; sie ist vielmehr mit einem kleinen, aber wachsenden Anteil daran durchaus zufrieden.

Die Kultur, die die Mehrheit schätzt, ist in erster Linie materielle Kultur. In allen Dingen, die den Körper umgeben: Textilien, Keramik, Möbel, Häuser, hat der schwedische

Konsum einen unübertroffenen Standard an Schönheit und Qualität erreicht, ja, Schweden ist auf diesem Gebiet sogar zu einem Exporteur von Ideen geworden. In der Literatur, deren Medium das Wort ist, ist die effektive Nachfrage langsamer gestiegen. Auf diesem Sektor wirkt auch die im Ausland unverständliche Nationalsprache als Barriere, außerhalb derer unsere Autoren der internationalen Konkurrenz begegnen würden, die so hart ist wie eh und je. In der letzten Generation haben nur wenige Schweden einen Vorstoß über den sicheren und langsam wachsenden heimischen Markt hinaus gewagt. Viele wurden bekannt, indem sie beobachteten und berichteten, was außerhalb Schwedens vorging; aber sie geben ihrerseits wenig zurück. Die akademischen Berufe haben in den letzten Jahrzehnten ebenfalls hauptsächlich rezipiert, ausgenommen die Medizin und die Biologie. Zweifellos leidet das schwedische Niveau unter diesem Provinzialismus. Es gibt heute weniger Schweden, die den internationalen Standard erreichen, als es geben würde, wenn sie in größerer Zahl darauf vorbereitet würden, ins Ausland zu gehen und sich der Konkurrenz auszusetzen. Warum sollten sich die Professoren, Schriftsteller und Publizisten in ihrer relativen Isolierung nicht glücklich fühlen? Zu Hause sind sie groß; sie können Cliquen bilden oder sich in gewollter Einsamkeit gefallen; sie können miteinander diskutieren und sich gegenseitig kritisieren oder loben. Auch sie, wie ihre Leser, zeigen wenig Anzeichen von Malaise.

Es gibt eine Reihe besonderer Umstände in der Lage und Geschichte Schwedens, die eine Erklärung dafür liefern, warum es den übrigen europäischen Ländern in der Entwicklung um einige Jahre voraus ist und seiner Bevölkerung nun soviel Zufriedenheit bereitet – wenngleich das den ausländischen Intellektuellen bei ihrem Besuch auch als Langeweile erscheint. Zunächst einmal: die Nation ist einheitlich; rassische, religiöse oder andere Spaltungen von einiger Bedeutung gibt es nicht. Die Volkserziehung wurde in Schweden früh eingeführt, die ganze Nation konnte schon geraume Zeit vor Beginn der Industrialisierung lesen und schreiben. So gut wie einmalig in Europa ist, daß die Bauern jahrhundertelang ziemlich frei von Leibeigenschaft geblieben sind, da es ihnen mit Hilfe der Könige immer wieder gelang, den Feudalismus im Keim zu ersticken. Ebenso bedeutsam ist, daß Schweden niemals die Invasion einer fremden Armee erlebte. Was die Russen in den vielen, sämtlich von den Schweden angezettelten Kriegen erreichten, war, ein paar kleine Städte an der Ostküste niederzubrennen. Das Land ist nicht übervölkert und besitzt wichtige Ressourcen, die mit der industriellen Revolution wichtig wurden. Die traditionelle Politik, keine oder sehr geringe Protektionen auszuüben, hat gegenüber dem Ausland und im eigenen Land eine scharfe Konkurrenz aufrechterhalten. (Die Industrie unterscheidet sich in dieser Hinsicht sehr von den Produzenten der »Kultur«.) Und Schweden konnte in Frieden leben seit hundertundfünfzig Jahren. Stellt man all diese Dinge in Rechnung, so müßten die Schweden eigentlich einen viel größeren Vorsprung in der Entwicklung der zufriedenen Gesellschaft erreicht haben, als das tatsächlich der Fall ist.

Lokale Selbstverwaltung ist Tradition seit heidnischen Zeiten. Vor etwas mehr als einer Generation – und auch in der weiter zurückliegenden Vergangenheit, wenn man von der Tatsache absieht, daß damals die Mehrheit des Volks kein Stimmrecht besaß – war Schweden der Verwirklichung der idealen Regierungsform, wie sie in den USA mit Thomas Jefferson verbunden wird, näher als irgendeine Gesellschaft irgendwo auf der Welt. Ein großer Teil des Volkes war aktiv in allen Arten von örtlichen Ausschüssen und Komitees. In diesem Milieu einer Beteiligung des Volkes auf breiter Basis an der Regierung gediehen die modernen Bürgerbewegungen auf natürliche Weise zu Organisationen, mittels derer die Menschen für die Verbesserung ihrer Lebensbedingungen kämpften; aufgebaut und getragen wurden sie hauptsächlich von Freiwilligen. Dies war die politische Grundlage, auf der der moderne Wohlfahrtsstaat errichtet wurde. In jüngster Zeit haben sich die Organisationen vervielfältigt und sind gewachsen, Schweden ist ein Staat der Organisationen geworden. Selbst sehr spezifische Gemeinschaftsinteressen – z. B. die von Pensionären und Invaliden oder von Kranken – besitzen jetzt ihre eigenen nationalen Organisationen mit Bezirksabteilungen.

Inzwischen jedoch beginnt der technologische und verwaltungstechnische Fortschritt die ererbte Basis fast direkter Demokratie zu beeinträchtigen; und dies könnte eine wirkliche Schwierigkeit für den Wohlfahrtsstaat werden. In der örtlichen Verwaltung ist der aktive Anteil an direkter Verantwortung und Aktivität vieler Tausender von Ausschußmitgliedern von bezahlten Fachleuten übernommen worden. Das ist der Trend, auch wenn die lokale Selbstverwaltung beibehalten wird. Gleichzeitig schreitet die Zentralisierung voran; die lokalen Einheiten werden vergrößert, lokale Verantwortung wird vom Staat übernommen. Die Instandhaltung der Straßen kann man nicht länger den Farmern überlassen. Heute fahren wir mit unseren Autos über die Autobahnen, ohne daß viele von uns fähig wären, sich auch nur an den Namen der Zentralbehörde zu erinnern, die in diesen Fragen entscheidet. Die Dorfgenossenschaft ist im Verschwinden begriffen – und damit die recht unmittelbare Verantwortung der Menschen für die Leitung der Genossenschaften. Die Genossenschaften sind zu einem riesigen fortschrittlichen Geschäftskonzern zusammengelegt worden, der Industrieunternehmen, Kaufhäuser und Supermärkte unterhält und sich nicht wesentlich von anderen großen und erfolgreichen Privatgesellschaften unterscheidet – außer darin, daß es keine Aktionäre gibt, aber diese sind auch in den Kapitalgesellschaften von untergeordneter Bedeutung.

Der Gewerkschaftsapparat erfaßt nahezu 100% der Arbeiter – nicht durch irgendeinen gesetzlichen oder vertraglichen

»closed shop«, sondern weil die Mitgliedschaft gang und gäbe wird. Die Arbeitgeberverbände werden gleichermaßen umfassend. Gemeinsam fungieren sie schließlich als Organe dessen, was in Wirklichkeit öffentliche Politik ist. Der Staat braucht sich nicht auf dem Arbeitsmarkt einzumischen, weil diese Verbände nach ihren Verhandlungen regelmäßig Übereinstimmung erzielen; in Schweden gibt es buchstäblich keine Arbeitskämpfe mehr. Im allgemeinen wird tatsächlich die öffentliche Politik immer mehr an solche machtvollen Organisationen delegiert, wodurch die Schweden weitgehend von der Einmischung des Staates befreit sind, wie sie beispielsweise in den USA nötig ist. Für die restlichen Sektoren errichtet der Staat selbst die zentrale Verwaltungsmaschinerie, die er für die Durchführung seiner Politik benötigt, nicht zuletzt auf dem Gebiet der Wohlfahrt. Die Staatsorgane arbeiten eng mit den Verbänden zusammen; die Mitglieder der Regierung und des Parlaments rekrutieren sich oft aus den Hierarchien dieser Organisationen.

Diese Entwicklung in Richtung auf Professionalisierung und Zentralisierung bedeutet jedoch eine schrittweise Reduzierung der intensiven Beteiligung des Volkes, die einmal die Grundlage für die Errichtung des Wohlfahrtsstaats war. Die Macht liegt mehr und mehr bei den Hierarchien in den Organisationen, den verschiedenen Zweigen der Verwaltung und den politischen Parteien. In unserer Art von Gesellschaft haben diese Hierarchien – oder »establishments«, um einen britischen Begriff zu verwenden – vieles gemeinsam. Vor vielen Jahren war eine Gruppe von amerikanischen Journalisten verwirrt darüber, daß sie zu einem gemeinsamen Dinner der Zentralorganisationen der Gewerkschaften und Arbeitgeber eingeladen wurden. Doch dies war, wie ich ihnen erklärte, von einem schwedischen Standpunkt aus völlig normal.

Diese Situation bedeutet natürlich, daß es immer weniger möglich ist, Kontrolle von unten auszuüben. Die führenden

Schichten der Verbände arbeiten wirksam für die Verteidigung der Interessen der Arbeiter, Arbeitgeber, Verbraucher usw. Es ist wahr, daß sie in keinem Land härter arbeiten, um den Kontakt mit ihren Klienten zu behalten und Bildungsaktivitäten zu fördern. Aber man kann vom Establishment nicht erwarten, daß es sich gegen sich selbst wendet; tendenziell wird es eher führen als Kritik fördern. Und so verstärkt eine effektiv auf die Mitgliedschaft ausgerichtete Öffentlichkeitsarbeit auf natürlichem Wege die Zufriedenheit der Mitglieder mit ihren Organisationen. In dieser Lage neigen die Verbandsspitzen selbstverständlich dazu, sich selbst permanent an der Macht zu halten und auch ihren eigenen Nachwuchs auszuwählen. Das gleiche gilt für die politischen Parteien und die Verwaltung.

Besonders angesichts der außergewöhnlichen Macht der verschiedenen Hierarchien und der engen Beziehungen zwischen ihnen muß man die Frage stellen, ob es nicht die Gefahr betrügerischer Absprachen und Korruption gibt. Soweit ich es beurteilen kann, besteht diese Gefahr noch nicht. Der moralische Verfall in den Verbänden, in der Verwaltung und in der Politik ist gering. Mit unserer Tradition und einer aufmerksamen Öffentlichkeit könnte es möglich sein, schädliche Auswirkungen wenigstens für die absehbare Zukunft zu verhindern.

Was also übrig bleibt, ist folgendes: aufgrund des technologischen und organisatorischen Fortschritts wird die Distanz des Bürgers zu den Regierungsgeschäften in ihrer weiteren Bedeutung immer größer. Es wird für ihn gesorgt von einer »Führungsspitze«, die gewiß demokratischer ist als der britische Prototyp, denn sie basiert mehr auf Verdienst und Aufstieg innerhalb der verschiedenen Hierarchien als auf Kastenzugehörigkeit, Familie und Reichtum, und die gleichwohl ziemlich unabhängig von ihren Wählern ist, auch wenn sie sich immer wieder öffentlich rechtfertigen muß.

Doch muß man nicht fragen, ob diese Entlastung von unmittelbarer Verantwortung dem Volk angenehm ist oder nicht? Die Kommunisten behaupten, wenn die Klassenunterschiede abgeschafft seien, brauche man den Streit der Parteien nicht mehr. Hitler schrieb in *Mein Kampf,* daß es für das Volk nicht natürlich sei, sich intensiv für Politik zu interessieren. Unsere Abneigung gegen Kommunismus und Nazismus sollte uns nicht die Augen vor der Möglichkeit verschließen, daß sie hier an einem Punkt recht haben. Wenn in einer Gesellschaft einigermaßen Chancengleichheit besteht und wenn die Menschen fühlen – oder dazu gebracht werden zu fühlen –, daß für alles gesorgt wird, könnten sie vielleicht glücklich sein, von der unmittelbaren Aufgabe, ihre Gesellschaft zu organisieren, befreit zu sein.

Einige Intellektuelle, die nicht von den Establishments aufgesogen sind (oder als Ausländer gar keine Möglichkeit dazu haben), sind vielleicht nicht ganz so glücklich. Aber sie sind nicht die Regel. Ihr Eindruck von einer Malaise in einer Gesellschaft, die allzu ruhig mittels Verhandlungen und Zusammenarbeit zwischen den Hierarchien der politischen Parteien, der Verwaltung und der Verbände voranschreitet, immer mehr über die Köpfe der Menschen hinweg und ohne viel Kampfesruhm, sollte jedoch nicht so aufgefaßt werden, als sei er repräsentativ dafür, wie die Leute in einem Land im allgemeinen denken und fühlen. Die Schweden haben heute mehr Freiheit, ihre Privatvergnügen im Leben, das, wofür sie sich wirklich interessieren, zu genießen; denn sie fühlen sich sicher, und ihre Umwelt ist gut und verbessert sich von Tag zu Tag.

Noch zwei Beobachtungen sind wichtig. Zum einen: alle reichen Länder sind lange Zeit auf dem gleichen Weg zu einem Wohlfahrtsstaat gewesen. Hinsichtlich des Überflusses, der eine so wesentliche Voraussetzung für einen fortgeschrittenen Wohlfahrtsstaat ist, ist Schweden nur einige Jahre oder höchstens ein oder zwei Jahrzehnte anderen europäischen Ländern voraus und befindet sich auf gleicher Höhe mit den

USA. Hinsichtlich der Verteilungsreformen mit dem Ziel, eine Grundlage von Sicherheit und gleichen Chancen für alle Bürger zu schaffen, liegen die anderen skandinavischen Länder nur wenig zurück. Und in allen reichen Ländern treibt man diese Reformen voran, wenn auch mit unterschiedlicher Energie. In den USA ist mit Präsident Johnsons »Great Society« der Wohlfahrtsstaat als ein nationales Ziel anerkannt worden. Angesichts der riesigen Slumbezirke, die unter anderem erfordern, die Großstädte von Grund auf zu sanieren, wird es wohl eine Generation und mehr dauern, bevor dieses Land dieses Ziel erreicht. Viele Länder, besonders die USA, werden aus verschiedenen Gründen erhebliche Schwierigkeiten haben, eine organisatorische Infrastruktur zu errichten wie die Schwedens. Daher werden noch mehr Probleme durch staatliche Intervention, Gesetzgebung und Verwaltung gelöst werden müssen, als dies heute schon der Fall ist. Doch was auch immer die Unterschiede und Schwierigkeiten sein mögen, alle reichen Länder befinden sich auf dem Weg zum Wohlfahrtsstaat.

Die zweite Beobachtung ist, daß es außerhalb der kleinen Minderheit von Ländern, die im Überfluß leben, riesige Elendsgebiete gibt. Noch hat niemand die Mittel gefunden, durch die die Entwicklung einer immer größeren Differenz zwischen den Einkommen der farbigen Mehrheit sehr armer Völker und den reichen weißen Nationen umgekehrt werden kann. Und niemand kann voraussagen, was das Ergebnis dieser Entwicklung sein wird – für sie und für uns. Die Zukunft der reichen Wohlfahrtsstaaten wird hier mitbestimmt.

1966

Der Vietnamkrieg und die politische und moralische Isolierung Amerikas*

Lassen Sie mich mit einer persönlichen Erklärung beginnen. Ich bin Ausländer, aber einer, der durch die Zufälle seines Lebens und seiner Arbeit die USA kennen und schätzen gelernt hat und inzwischen selbst tief in deren Probleme verstrickt ist. Und tatsächlich, wann immer ich mich einen Augenblick von meiner Arbeit als Sozialwissenschaftler wegstehle, um an der öffentlichen Debatte über eine politische Frage teilzunehmen, geschieht dies öfter in Amerika als in Schweden. Dafür gibt es gute Gründe. Von meinen beiden Vaterländern ist Amerika nicht nur das größere und wichtigere; es muß auch mit viel ernsteren inneren Problemen fertig werden. Die Außenpolitik seiner Regierung schlägt einen Kurs ein, der nun zu einer schweren Gefahr für die amerikanische Nation und für die Welt geworden ist.

I

Ich möchte Ihnen die Tatsache einschärfen, daß die amerikanische Regierung zunehmend in eine politische und moralische Isolierung hineingerät, deren Konsequenzen Sie sorgfältig abwägen sollten. Es ist insbesondere der Krieg in Vietnam, der bewirkt, daß sich die Völker der Welt von der offiziellen amerikanischen Politik lossagen.

* Rede bei der Massenversammlung im Madison Square Garden, New York, am 8. Dezember 1966, die die sofortige Beendigung des Vietnamkrieges forderte und vom National Committee und dem New York Council for a Sane Nuclear Policy veranstaltet wurde, unterstützt von pazifistischen, bürgerrechtlichen, Arbeiter-, politischen, akademischen und Nachbarschafts-Gruppen.

Die jüngste historische Parallele war die wachsende Isolierung Frankreichs während seines letzten, grausamen und hoffnungslosen Kolonialkrieges in Nordafrika. Nur indem es ihn beendete, gewann es moralischen Status und politisches Prestige zurück. Der Unterschied, der Amerikas Lage so viel gefährlicher macht, ist der, daß es reich und mächtig genug ist, die öffentliche Mißachtung seinerseits eine Zeitlang zu mißachten.

Im Ausland weisen wir darauf hin, daß der Vietnamkrieg nicht erklärt ist und daß das verfassungsmäßige Gebot, das dem Kongreß und nicht dem Präsidenten das Recht der Kriegserklärung vorbehält, umgangen worden ist. Und wir fragen uns, wieweit die Erosion des Systems der »checks and balances« schon fortgeschritten ist, wenn nun die Macht über Leben und Tod von Hunderttausenden und im weiteren Verlauf dieses Krieges vielleicht von Millionen von Menschen in die Hände einer kleinen Gruppe von Männern in Washington gelegt ist.

II

Amerikas politische und moralische Isolierung hat ihre Wurzel vor allem im Denken und Fühlen der einfachen Leute im Ausland, selbst wenn ihre Regierungen es für opportun halten, die Reaktionen des Volkes zu bagatellisieren und sie mit Stillschweigen zu übergehen. Ähnlich wie die Regierungen ist das Großkapital an einem guten Verhältnis zum offiziellen Amerika interessiert. Es hat überall einen überproportionalen Einfluß. Die amerikanische Regierung hat offensichtlich Mittel und Wege gefunden, es daran zu erinnern, daß man von ihm erwartet, diesen Einfluß zu gebrauchen. (Die *New York Times* vom 28. Oktober 1966, die einen Bericht ihres Stockholmer Korrespondenten über die kritischen Meinungen in Schweden zum amerikanischen Krieg in Vietnam veröffentlichte, enthält die folgende Information: »Der Botschafter hat seine Anstrengungen auf private Gespräche konzentriert und darauf, Industrie-, Finanz- und anderen Gruppen nahezubringen, daß Schweden eine Menge zu verlieren haben könnte, wenn sich das ›Image‹ dieses Landes in den Vereinigten Staaten verschlechtern würde. Man hofft, diese Gruppen werden schließlich ihrerseits versuchen, die schwedische Regierung zu überzeugen, sie sollte [...] den antiamerikanischen Angriffen die Spitze nehmen.«) Aber was die Lage betrifft, in die die amerikanische Regierung ihr Land im Falle der Vietnamfrage nun gebracht hat, so zählt der sonst so mächtige Druck des Großkapitals im Ausland nicht mehr viel. Seit einem Jahr wagt kein Mitglied der überbesetzten amerikanischen Botschaft in Schweden mehr, öffentlich über den Vietnamkrieg zu sprechen. In den meisten anderen Ländern ist die Situation ähnlich.

III

Es gibt keine einzige Regierung in Westeuropa, die es riskieren würde, Soldaten nach Vietnam zu schicken als symbolische Geste der Sympathie mit der dortigen Politik der USA. Nicht einmal die britische Regierung, die in bedauernswertem Maße von amerikanischer Finanzhilfe abhängig geworden ist, um ihr Pfund Sterling auf dem Niveau zu halten, das sie ihren Gläubigern versprochen hat, wagt, eine solche Handlung auch nur zu erwägen. Noch hört man das von der Regierung in Westdeutschland, obwohl sie – gleich welche Änderungen eintreten – wünscht, daß die USA die fünf Divisionen zu ihrer Verteidigung dort stationiert lassen, und obwohl sie obendrein wünscht, daß Amerika weiterhin die Kosten für ihren Schutz bezahlt.
General de Gaulle ist der europäische Staatsmann, der am deutlichsten die offizielle amerikanische Politik in Vietnam

kritisiert. Es ist kein Zufall, daß sein politischer Stern nicht nur in Europa aufgegangen ist, sondern auch in der Dritten Welt.

Von den Diktaturen in Portugal und Spanien darf man annehmen, daß sie einige ideologische Gründe für eine Affinität zu dem Militärregime des Marshalls Ky haben, der zur Zeit der lokale Agent der gegenwärtigen amerikanischen Politik in Vietnam ist. Die Machthaber in diesen beiden unglücklichen Ländern können Tausende von rebellischen Intellektuellen, Studenten und Arbeitern im Gefängnis halten; aber nicht einmal sie wagen es, einen klaren Sympathiebeweis für die amerikanische Politik in Südostasien zu liefern.

IV

Schweden ist eines der wenigen Länder der Welt, in denen keine Tradition des Antiamerikanismus vorliegt. Es hat sympathisiert mit den amerikanischen Bemühungen, die Bürgerrechte zu erweitern und gegen die pathologische Armut in den riesigen Slums auf dem Land und in den Städten anzugehen. Aber wie eine Meinungsumfrage enthüllt hat, steht in der Vietnamfrage die überwältigende Mehrheit der Schweden der Politik Washingtons ablehnend gegenüber. Nur 8 Prozent der Befragten befürworteten die amerikanischen Operationen in Vietnam – nicht viel mehr, als, wie wir wissen, abweichende Extremistenpositionen bei Umfragen zu verzeichnen haben. Vor einem Jahr, als die Folgen der jüngsten Eskalation des Vietnamkriegs richtig wahrgenommen werden konnten, lag die Prozentzahl bei 13. Eine eingehendere Analyse zeigt, daß es besonders die Jugend ist, die fast einstimmig die Politik der Regierung der USA in Vietnam verurteilt. Und in den anderen skandinavischen Ländern sieht es ähnlich aus.

Schweden verfügt über eine ziemlich entwickelte Rüstungsindustrie, um in der nationalen Verteidigung so unabhängig wie möglich von fremden Ländern zu sein. Um diese Industrie leistungsfähig zu halten, müssen wir Waffen exportieren. Es gibt jedoch eine staatliche Kontrolle, die dafür sorgt, daß Waffenexporte nicht an kriegführende Länder und aktive Friedensstörer gehen. Es ist eine Tatsache, daß die schwedische Regierung heute die Vereinigten Staaten zu der Gruppe von Ländern rechnet, in die der Export schwedischer Waffen nicht erlaubt ist. Zuzulassen, daß in Schweden hergestellte Waffen von amerikanischen Truppen in Vietnam benutzt werden können, wäre ein grobes Vergehen gegen die öffentliche Meinung in Schweden. Die Verweigerung schwedischer Waffen an Amerika – was mein Freund, Professor Galbraith, offenbar zustimmend eine »Blockade« genannt hat – ist meines Wissens bisher auf keinerlei Protest in Schweden gestoßen.

V

Über Afrika weiß ich nicht viel mehr als jeder andere, der sorgfältig Zeitungen, Zeitschriften und Bücher liest. Die Regierung der USA mag Sympathisanten für ihren Krieg in Vietnam unter den herrschenden Weißen in Südafrika und Rhodesien besitzen; aber in den armen farbigen Nationen in Afrika, wie sehr sie auch finanzielle Unterstützung für ihre Entwicklung und ihr Überleben benötigen mögen, weiß ich von keiner Regierung und keinem ernst zu nehmenden Individuum, die die Vietnampolitik der Vereinigten Staaten unterstützten.

Das gleiche gilt wohl für Lateinamerika. Im allgemeinen bildet der Vietnamkrieg ein verstärkendes Element in den gespannten Beziehungen dieses Kontinents zu den USA. Es gibt in Lateinamerika keine Regierung und kaum einen führenden Politiker, die sich offen auf die Seite der offiziellen amerikanischen Vietnampolitik stellen würden.

Präsident Johnson hat kürzlich die Fühler nach der Sowjetunion ausgestreckt, um den Kalten Krieg einzuschränken. Jetzt steht er da wie ein abgewiesener Freier – in einer Sache, in der er die Sympathie fast der ganzen Welt gewonnen hätte. Die Erklärung dafür ist schrecklich einfach. Die Sowjetunion kann unmöglich an eine Wiederannäherung denken, solange die USA fortfahren, etwas zu tun, was die sowjetische Regierung als amerikanische Aggression in Südostasien betrachtet. Und Moskau erfreut sich in dieser Zurückhaltung des Verständnisses fast aller Völker der Erde.

VI

Entscheidend in dieser Frage ist jedoch, was die Menschen in Asien denken. Die Regierung der USA sucht im eigenen Land den Eindruck zu erwecken, sie besitze vertrauenswürdige und ergebene Bündnispartner im »freien Asien« – im Ausland überzeugt sie niemand. Die Wahrheit ist, daß die amerikanischen Verbündeten am äußersten Rand von Asien – Philippinen, Südkorea, Thailand – Regierungen haben, die man mit Recht »Patientenregierungen« genannt hat. Ihr Bündnis mit den Vereinigten Staaten gründet sich auf keinerlei sichere Grundlage in der öffentlichen Meinung. In Thailand zum Beispiel hat es niemals eine öffentliche Diskussion über politische Probleme gegeben, und die herrschende Schicht hat sich immer opportunistisch an die jeweilige Schutzmacht angepaßt. Während des Krieges hieß das: treue Kollaboration mit den japanischen Invasoren – gegen die Vereinigten Staaten. Heute heißt das: sich an die Vereinigten Staaten zu halten und ihre Truppen willkommen zu heißen. Bei weitem der größte Teil von Südostasien, der in Manila nicht vertreten war, besonders Indien und Pakistan mit inzwischen über 600 Millionen Menschen, ist genauso von Amerika abhängig für seine Entwicklung. Ihre Regierungen müßten eigentlich klare opportunistische Gründe haben, eine Position einzunehmen, die der amerikanischen Regierung gefällt. Trotzdem haben sie dies nicht getan, sondern sogar offener Kritik geäußert als die westeuropäischen Regierungen, und die amerikanische Regierung muß sich ihrem Widerstand gegenüber nachsichtig zeigen. Die Erklärung ist natürlich, daß praktisch alle ihre Bürger ausgesprochen feindlich gegenüber der offiziellen amerikanischen Vietnampolitik eingestellt sind.

Daß die japanische Bevölkerung – wie sehr auch ihre Regierung das verlegene asiatische Lächeln aufsetzen mag – der amerikanischen Vietnampolitik kritisch gegenübersteht, gibt selbst die USA-Presse zu.

VII

All dem möchte ich eine weitere Beobachtung hinzufügen. Wie einige von Ihnen wissen, war ich eine Zeitlang intensiv mit dem Studium der Rassenbeziehungen in Amerika beschäftigt. Während ich in den letzten Jahren über die Probleme der südasiatischen Länder arbeitete, hielt ich meine Augen offen für den besonderen Aspekt der Rassenfrage, auch was ihre internationalen Beziehungen betrifft. Seit dem Ende des Zweiten Weltkrieges und der Befreiung dieser Länder aus dem Kolonialjoch hat man sich um die Rassenfrage herumgedrückt. Sowohl die gebildeten Oberklassen in den neuen Ländern – die die Politik beherrschen, gleichgültig welches Regierungssystem sie haben – als auch die weißen Westeuropäer und Amerikaner ziehen es vor, darüber zu schweigen. Aber ich kann Ihnen sagen, daß das Bewußtsein der Rassenunterschiede sowohl der Innen- als auch der Außenpolitik einen mächtigen Unterton gibt. Die Völker in diesem Teil der Welt sind sich, wie auch in anderen unentwickelten Gebieten, der Tatsache sehr wohl bewußt, daß sie farbig sind, daß die meisten Menschen auf der Welt farbig sind, daß überall die meisten farbigen Menschen arm sind, während die reiche und mächtige Minorität in der Welt weiß ist.

Wenn es irgend etwas gibt, das ich mehr als alles fürchte, so die Möglichkeit, daß die ohnehin angespannten Beziehungen zwischen reichen Minoritätsnationen und armen Majoritätsnationen durch Rassenunterschiede verschärft werden könnten. In dieser Sicht stellt eine amerikanische Armee, die mit Düsenbombern, Hubschraubern und anderen schrecklichen Zerstörungsinstrumenten, einschließlich Chemikalien, Giftgasen und Napalm, welche sich die USA aufgrund ihres Reichtums in unbegrenzten Mengen leisten können, eine ungeheure Gefahr dar für den Weltfrieden, für Kooperation und Fortschritt in den kommenden Jahrzehnten.

VIII

In meinem kurzen Überblick habe ich Australien und Neuseeland ausgespart. Ihre Bevölkerung hat sich in der Mehrheit offensichtlich – wenigstens im Augenblick – mit der Politik ihrer Regierung abgefunden, sich hinter die südostasiatischen Patientenstaaten zu stellen und die USA in Vietnam zu unterstützen. Sie haben auch Truppen als Beweis ihrer Sympathie nach Vietnam geschickt. Diese Länder haben sich seit langem daran gewöhnt, vom Schutz eines stärkeren Landes abhängig zu sein: früher von der weitreichenden Seemacht Großbritannien, heute von der Atommacht USA. Gleichwohl gibt es in diesen beiden Ländern eine starke Opposition gegen die Vietnampolitik ihrer Regierungen, obwohl die Mehrheit der Wähler sie noch immer unterstützt. Auf jeden Fall stellen sie kleinere Ausnahmen dar, die die Regel bestätigen: die politische und moralische Isolierung, in die die Regierung der USA ihr Land gebracht hat.

IX

Es gibt Leute in Amerika, die meinen, seine Isolierung spiele keine Rolle. Sie glauben, die finanzielle und militärische Stärke des Landes erlaube es ihm, sich über die Weltmeinung hinwegzusetzen. Dies wird sich als ein tragischer Fehler erweisen. Ich habe vor mehr als einem Vierteljahrhundert ein Buch über Amerikas innere Probleme der Gerechtigkeit, Freiheit und Gleichheit geschrieben. Im letzten Kapitel überlegte ich, was wohl die Rolle Amerikas sein würde, wenn es »an die Reihe käme in der endlosen Folge von Hauptdarstellern auf der Weltbühne«. Damals habe ich folgendes geschrieben: »Amerika hat nun den Anschluß an die übrige Welt gefunden und ist in hohem Maße abhängig von der Unterstützung und dem guten Willen anderer Länder. Sein Aufstieg zur führenden Macht verschärft diese Lage aufs äußerste. Niemand wird mit soviel Mißtrauen beobachtet wie derjenige, der aufsteigt. Niemandem wird so wenig nachgesehen, niemand braucht alle seine Tugenden so sehr wie der Führer.« Ich wies den Gedanken zurück, den ich schon damals in Amerika verbreitet fand, daß finanzielle und militärische Stärke moralische Stärke ersetzen könnte.

Wenn ich heute amerikanische Zeitungen lese, finde ich, daß viele Amerikaner immer noch dem gleichen trügerischen Vertrauen in finanzielle und militärische Macht frönen. Vielleicht gibt es dort heute sogar eine Mehrheit, die für die Eskalation des Vietnamkrieges eintritt, um »die Sache endlich loszuwerden«; sie erkennt nicht, daß dann die Hölle erst begänne. Keine noch so große finanzielle Unterstützung würde helfen, in Vietnam würden die Amerikaner tief verhaßt sein. Diejenigen Vietnamesen, die die Verwaltung amerikanischer Hilfe übernähmen, würden als Kollaborateure angesehen, und das um so rascher, als sie ja – wie man heute schon sieht – korrumpiert sind. Ein Volk, das seit einem Vierteljahrhundert Krieg gegen fremde weiße Herrschaft geführt hat, wird sich nicht ruhig unterwerfen. Und in seinem Kampf gegen die Eindringlinge genösse es die Sympathien der ganzen Welt. Die Vereinigten Staaten wären moralisch und politisch mehr isoliert als jemals zuvor.

X

Heute gilt das Engagement der USA im Vietnamkrieg als Indiz dafür, daß Washington sich auf dem Holzweg befindet, wenn es versucht, auf dem Erdball nach seinen Regeln die »Polizei« zu spielen. Dieses Verhalten bekräftigt tendenziell das alte Stereotyp, das im Ausland über den Amerikaner im Umlauf ist: unreif, moralisch leichtfertig, intellektuell naiv, politisch töricht und außerdem störrisch. Der Widerstand der Völker, den Vereinigten Staaten als Führungsmacht zu vertrauen, verbreitet sich und wird überall intensiver. Und ohne Gefolgschaft ist eine Führungsmacht eine Gefahr für sich selbst und für die Welt.

XI

Ein weiteres Moment, das zu Amerikas moralischer und politischer Isolierung beiträgt, ist die Vorstellung, man solle jetzt vergessen, wie die Regierung der Vereinigten Staaten in den Vietnamkrieg hineingeraten ist, und nur an die unmittelbare Zukunft denken. Doch die Verantwortlichkeit für das, was man getan hat, zu ignorieren oder zu bestreiten ist eine moralische Ausflucht, die einem einzelnen sowenig erlaubt ist wie einer Nation. Die Frage, wie der gegenwärtige schreckliche Krieg in Vietnam begann und sich entwickelt hat, darf nicht der Vergessenheit überantwortet werden. Die zunehmende moralische Isolierung in dieser Sache kann man daran ablesen, daß die Regierungspropaganda es zwar fertiggebracht hat, daß viele Amerikaner wesentliche Elemente der Geschichte des Konflikts verdrängt haben, daß aber im Ausland und insbesondere in Europa nicht nur die Intellektuellen mit wachsendem Nachdruck daran erinnern, was geschah und wie es geschah.

XII

Ich kann mir hier nicht die Zeit nehmen, in Einzelheiten den Hintergrund der jüngsten Geschichte zu rekapitulieren, den man für ein abgewogenes Urteil über die vorliegenden Alternativen der amerikanischen Politik braucht. Ich möchte nur betonen, daß folgende Punkte zu diesem historischen Hintergrund gehören:

1) die Besonderheiten der finsteren und repressiven Kolonialpolitik Frankreichs in Französisch-Indochina;

2) während des Zweiten Weltkrieges die gelegentliche amerikanische Unterstützung für den Viet-Minh, die einzige konsolidierte nationale Bewegung dort gegen das kollaborierende Vichy-Regime und die japanischen Invasoren;

3) nach dem Weltkrieg das vollständige Desinteresse der US-Regierung am französischen Kolonialkrieg in Indochina, der mit Grausamkeit und Verrat geführt wurde und zu Korruption in Vietnam und Paris führte;

4) nach dem Sieg Mao Tse-tungs in China das plötzliche Interesse und die wachsende Unterstützung Amerikas für Frankreich in dem lang andauernden Kolonialkrieg gegen die Vietnamesen;

5) gegen Ende des Krieges, als die Franzosen ihrer endgültigen Niederlage nahe waren, die Verhandlungen über ein direktes militärisches Engagement der USA, um die französischen Truppen zu unterstützen, so daß der Krieg fortgesetzt werden könnte. Daß Amerika nicht schon zu diesem Zeitpunkt in den Krieg gegen die Vietnamesen eintrat, ist nicht

auf mangelnde Bereitschaft von John Foster Dulles, damals Außenminister, zurückzuführen, sondern, wie neuere Berichte zeigen, auf den Widerstand der britischen Regierung, die zu diesem Zeitpunkt von Churchill und Eden geführt wurde und wenig geneigt war, gehorsam den Wünschen der Vereinigten Staaten zu folgen; außerdem auf das Zögern einiger vorsichtiger Kongreßabgeordneter und schließlich in Frankreich auf den Wahlsieg von Mendès-France, der entschlossen war, mit diesem unglücklichen und hoffnungslosen Kolonialkrieg ein Ende zu machen;

6) dann 1954 die Genfer Erklärung, ein gegen zahlreiche amerikanische Intrigen erreichtes Abkommen, das den Niedergang der französischen Kolonialherrschaft besiegelte. Es legte unter anderem fest, daß die militärische Demarkationslinie am 17. Breitengrad »provisorisch ist und in keiner Weise als die Festlegung einer politischen oder territorialen Grenze interpretiert werden sollte«, daß Wahlen innerhalb von zwei Jahren abgehalten werden und daß Verhandlungen zwischen den »Behörden« in den beiden Militärzonen vor Ablauf eines Jahres beginnen sollten. Die Übereinkunft verbot die Landung weiterer Truppen, von Militärpersonal, Waffen und Munition sowie die Errichtung ausländischer Militärbasen in einer der beiden Militärzonen;

7) Die Entscheidung, die gegen das Genfer Abkommen verstößt, aber mit voller amerikanischer Unterstützung von »Kaiser« Bao Dsi und, nachdem er abgesetzt war, von dem von den USA ausgehaltenen Ngo Dinh Diem getroffen wurde, daß Südvietnam ein eigener Staat sei und nicht beabsichtige, über die Durchführung allgemeiner Wahlen zu verhandeln, wie es im Genfer Abkommen festgelegt war;

8) die Ermordung von Diem und der fortgesetzte Strudel von Aufruhr, Staatsstreichen und Regierungen, die allesamt von amerikanischer Hilfe abhängig sind;

9) und schließlich die Eskalation der militärischen Beteiligung der USA im vietnamesischen Bürgerkrieg, der dadurch

in einen großen amerikanischen Krieg auf dem asiatischen Kontinent umgewandelt wurde, und zwar entgegen den ausdrücklichen Erklärungen Präsident Eisenhowers.
Die direkte militärische Beteiligung und die Eskalation begannen langsam. Als Präsident Eisenhowers Wahlperiode 1960 zu Ende ging, zählte das amerikanische Militärpersonal, damals noch »Berater« genannt, weniger als 800 Mann. Ende 1964, nach Präsident Johnsons Sieg über Senator Goldwater, waren es 21 000 Mann und nun entlarvt als kämpfende Soldaten. Danach nahm die Eskalation ernste Ausmaße an. Man sagt uns, es gebe jetzt 400 000 amerikanische Kombattanten in Vietnam – ohne die Flotte und die Luftwaffe und die Truppen, die von Thailand aus an militärischen Aktionen gegen Vietnam teilnehmen –; und man sagt uns auch, das militärische Engagement Amerikas werde auf jeden Fall noch weiter wachsen.

XIII

Vor diesem Hintergrund kann man leicht das Erstaunen verstehen, das selbst in Amerika zu vernehmen war, als die Regierung der USA versicherte, sie versuche (und habe die ganze Zeit über versucht), zu den Grundlagen des Genfer Abkommens zurückzukehren. Und wenn die Mehrheit der Amerikaner an diesem Glauben festhält, dann ist dies das Ergebnis der offiziellen Propaganda, die das Volk blind gemacht hat für die Wahrheit.
Die Wirkung dieser Propaganda ist fast gänzlich auf die Amerikaner selbst beschränkt. Wenn die Wahrheit verdreht und die Unwahrheit hingenommen wird, kann eine Nation zwar sich selbst überzeugen, aber sie überzeugt niemanden sonst. Und gerade weil die offizielle Propaganda im eigenen Land weithin gläubig akzeptiert wird, obwohl sie so wenig mit dem, was wir wissen, übereinstimmt, wird sie zu einem

Rad in dem Mechanismus, der Amerika in eine immer vollständigere moralische und politische Isolierung hineintreibt. Die rücksichtslose Bombardierung ist weitergeführt worden als Begleitmusik von »Friedensangeboten«; sie haben offensichtlich die Mehrheit der Amerikaner davon überzeugt, daß es die Vietnamesen sind, die an der Verlängerung und Intensivierung des Krieges schuld sind. Im Ausland sind die »Friedensoffensiven« mehr und mehr als Beweis für die Naivität, die Heuchelei und den Zynismus Amerikas erkannt worden. U Thant, der Generalsekretär der Vereinten Nationen, hat in einem Interview mit Emmet John Huges (*Newsweek*, 12. Dez. 1966) im Detail enthüllt, was schon vorher in allgemeiner Form bekannt war: Im Herbst 1964 war es ihm gelungen, mit Ho Tschi Minh ein Treffen mit Repräsentanten der amerikanischen Regierung zu arrangieren, um den Krieg zu beenden; U Thant konnte sogar Rangun in Birma als Verhandlungsort festmachen und die technischen Vorkehrungen für die Verhandlungen treffen. Doch trotz der Bemühungen des verstorbenen Adlai Stevenson, der damals die USA bei den Vereinten Nationen vertrat, aber offensichtlich außerhalb des inneren Kreises in Washington gehalten wurde, wo gerade die große Eskalation von 1965 in Vorbereitung war, hüllte sich die amerikanische Regierung in verächtliches Schweigen, wie sie es in der Tat auch bei allen früheren Gelegenheiten getan hatte, als U Thant Initiativen zu Friedensverhandlungen ergriffen hatte. Zuletzt kam ein höfliches »No«, mit der Begründung, jeder Schritt zum Frieden würde die Saigoner Regierung stürzen. Einen Tag, nachdem U Thant schließlich die Regierung in Hanoi von seinem Fehlschlag informiert hatte, begann das amerikanische Bombardement nördlich der Demarkationslinie.

XIV

Präsident Johnson und seine Ratgeber sind ehrenwerte Männer; aber sie – und ein großer Teil des amerikanischen Volkes – sind Opfer ihrer eigenen Rhetorik und ihrer eigenen opportunistischen Propaganda. Die, die in Washington das Steuer in der Hand halten, fallen um so leichter auf jeden Schwindel herein, als es ihnen generell an einer hinreichenden Kenntnis der Wirklichkeit in Asien mangelt.

XV

Ein anderes Kennzeichen für die Distanz zwischen der offiziellen amerikanischen und der ausländischen Auffassung des Vietnamkrieges ist die Rolle, die China in diesem Konflikt zugeschrieben wird. Sprecher der amerikanischen Regierung deuteten wiederholt an, der wirkliche Feind in dieser Auseinandersetzung sei China. Ausländer sind jedoch durchaus in der Lage wahrzunehmen, daß es die Vereinigten Staaten sind, die riesige Truppenverbände im Vietnamkrieg eingesetzt haben. China hat dies bislang nicht getan, obwohl amerikanische Truppen direkt vor seiner Grenze operieren – eine Situation, die die Amerikaner natürlich niemals dulden würden, wenn sie ihr ausgesetzt wären. In Ländern, die normale Beziehungen zu China unterhalten und wo Analytiker ungehindert ihren Studien nachgehen können – wie in Skandinavien –, wird auch vermerkt, daß China auffällig zurückhaltend und rücksichtsvoll in den Beziehungen zu seinen Nachbarn in Asien gewesen ist. Selbst Chinas Beziehungen zu Indien sind komplizierter, als sie dem naiven amerikanischen Publikum präsentiert worden sind.

Vor allem ist die Welt insgesamt nicht gewillt, sich einzulassen auf einen ideologischen Krieg unter Führung der amerikanischen Regierung in ihrer gegenwärtigen Stimmung.

Generalsekretär U Thant hat in seinem Jahresbericht vor der Generalversammlung der UNO der Weltmeinung den angemessenen Ausdruck gegeben: »Das grundlegende Problem in Vietnam ist nicht eines der Ideologie, sondern eines der nationalen Identität und Überlebenschance (des vietnamesischen Volkes). Ich sehe nichts als Gefahr in der außerhalb Vietnams so eifrig genährten Idee, der Konflikt sei eine Art heiliger Krieg zwischen zwei machtvollen Ideologien.«

XVI

Genauer gesagt, die ganze Welt – einschließlich jener Länder, die mit genausoviel Recht wie die USA, für die Ideale der Demokratie und der Menschenwürde eintreten – betrachtet die Zukunft Vietnams in einem ganz anderen Licht als die amerikanische Regierung, obwohl diese sich ja niemals klar und unzweideutig zu diesem Punkt geäußert hat. Wir sehen es nicht als Fortschritt an, dem vietnamesischen Volk die eine oder andere Karikatur unserer Regierungsform aufzupressen, und zwar mit den gewalttätigen und rücksichtslosen Mitteln der militärischen Invasion. Senator Fulbright hat einmal gesagt: Vietnam ist ihr Land, nicht unseres. Es wäre keineswegs eine Niederlage für die Ideale, für die wir eintreten, wenn nach der Herstellung sicherer Verhältnisse – die nicht durch amerikanische Militärmacht erreicht werden können, da diese sich für eine solche Mission disqualifiziert hat, sondern wohl nur mit Hilfe einer internationalen Schutztruppe – das vietnamesische Volk, endlich allein gelassen, den inneren Frieden unter einer revolutionären Regierung oder einer Art von »Nationalkommunismus« fände. Wir wissen ohnehin, daß die Kategorien »Demokratie« und »Kommunismus« in diesen Ländern von zweifelhafter Bedeutung sind, und besonders in einem Land, das so viel schreckliche Leiden hinter sich hat. Wir halten es nicht für unvermeidlich, daß Vietnam unter chinesische Herrschaft fällt. Tausend Jahre lang, bevor es von den französischen Kolonisatoren erobert wurde – und lange bevor Amerika entdeckt wurde –, verteidigte sich Vietnam gegen das Vordringen Chinas und suchte eine eigene Identität. Es gibt Gründe anzunehmen, daß diese Tradition unter einer nationalen Regierungsform, auch einer kommunistischen, am Leben erhalten würde – es sei denn, das vietnamesische Volk fühlt, daß es Gegenstand eines erbarmungslosen, nie endenden Angriffs durch Amerika ist.

XVII

Der Krieg in Vietnam und die unterdrückende Gewalt, mit der sich die militärischen Truppen der USA daran beteiligen, sind eine unermeßliche Tragödie; sie entfaltet sich, wie es scheint, mit der Logik des klassischen Dramas, wo die schließliche Katastrophe von Anfang an durch einen moralischen Konflikt in der Brust des Hauptdarstellers vorausbestimmt war. Wir dürfen uns jedoch nicht mit dieser »Logik« als einer mechanischen Schicksalsgewalt abfinden. Wir müssen aufstehen und jeden Einfluß, den wir haben, nutzen, um diese Entwicklung aufzuhalten und umzuwenden, selbst wenn wir gegen uns die heutigen Machthaber in Amerika haben, vielleicht sogar eine irregeführte Mehrheit des Volkes. Wir, nicht sie, halten an den Idealen fest, die von der Aufklärung übernommen wurden: Gerechtigkeit, Freiheit und Gleichheit. Die Geschichte wird uns niemals freisprechen, wenn wir zusehen, wie diese Ideale unterdrückt werden durch die Herrschenden und ihre unzivilisierte Militärtechnokratie. Diese Entwicklung zerstört Vernunft und Humanität und in der Tat alles, was uns teuer ist. Unsere Sache kann nicht der billige Mut des Optimismus und des Beifalls der Mehrheit sein. Wir benötigen jetzt den Mut der Verzweiflung, um standzuhalten gegen eine Flut von gedankenlosem *laissez faire, laissez passer.*

1966

Vietnam – ein moralisches Problem für die Welt*

Es bedeutet eine große Ehre, das Schlußwort dieser Konferenz sprechen zu dürfen. Andere dringende Pflichten hielten mich davon ab, an der Arbeit selbst teilzunehmen; aber ich verfolgte sie aufmerksam aus der Ferne. Wenn Sie nun am Ende Ihrer Arbeit stehen, möchte ich den Organisatoren und Ihnen selbst gratulieren. Sie haben ein Vorhaben in Gang gesetzt und durchgeführt, das möglicherweise von Bedeutung für die Beendigung der Tragödie des Vietnamkrieges ist.
Die Vietnam-Konferenz wurde von nahezu allen Friedensorganisationen der Welt, einschließlich der US-Organisationen, einberufen. In Schweden, dem Gastland, fand die Initiative Unterstützung bei Gewerkschaften, Jugendorganisationen und religiösen und politischen Gruppen verschiedener Richtungen. Kenner und Fachleute aus vielen Ländern – Völkerrechtler, Ärzte, Sozialwissenschaftler und Parlamentarier – haben die Arbeit durch schriftliche Stellungnahmen oder unmittelbare Teilnahme an den Diskussionen in ihren acht Kommissionen und verschiedenen Arbeitsgruppen gefördert.
Obwohl aus technischen Gründen eine beschränkte Zahl von Teilnehmern für jedes Land festgelegt werden mußte, insgesamt 450, gibt es keinen Zweifel an der außerordentlich breiten Basis der Konferenz. Es war wirklich eine Weltkonferenz. Die schwachen und in den meisten Ländern inkonsequenten Friedensorganisationen haben es gleichwohl praktisch ohne finanzielle Unterstützung geschafft, den Katalysator für das Zustandekommen dieser eindrucksvollen internationalen Versammlung zu bilden. Darin sehe ich ein Zeichen. Ich bin der Meinung, daß wir am Anfang einer allgemeinen

* Schlußadresse der Stockholmer Vietnamkonferenz (9. Juli 1967).

Empörung gegen die Kriegspolitik der Johnson-Regierung in Vietnam stehen, einer mächtigen Welle moralischer Entrüstung, die den Amerikanern eine Lehre sein wird, die sie sich aus ihrer ruhmreichen Tradition religiöser und philosophischer Ideale selber erteilen könnten: nämlich daß finanzielle und militärischer Stärke ein schlechter Ersatz für moralische Kraft ist.

Das vietnamesische Volk war durch Vertreter Nord-Vietnams und der Nationalen Befreiungsfront im Süden repräsentiert, die im aktiven Kampf gegen die amerikanische Invasionsarmee und das amerikanische Marionettenregime in Saigon stehen. Persönlich bedauere ich, daß keine der buddhistischen und anderen Gruppen aus dem Teil Vietnams teilnahmen, der von den Streitkräften dieser »Autoritäten« kontrolliert wird. Denn diese haben sich, trotz der widrigen Lebensbedingungen in einem von fremden Truppen beherrschten Polizeistaat, eine freie Gesinnung bewahrt und ihre Hoffnungen auf die Zeit gerichtet, in der die Eindringlinge das Land verlassen haben werden und das vietnamesische Volk sein Schicksal selbst wird in die Hand nehmen können.

Ich will am Ende dieser Konferenz die Hoffnung ausdrücken, die, wie ich weiß, von vielen geteilt wird: daß Mittel gefunden werden mögen, um den Kontakt enger zu schließen und eine konstruktive Diskussion zu führen zwischen der Befreiungsfront und jenen anderen Gruppen im gegenwärtig besetzten Teil Süd-Vietnams, die, als Patrioten, unter schwierigen Umständen den Widerstandskampf gegen das aufgezwungene Militärregime führen. Wenn diese Konferenz dazu beitragen konnte, einen solchen Kontakt in der Zukunft möglich zu machen, dann wird dies keine kleine Errungenschaft gewesen sein.

Bevor ich fortfahre, möchte ich eine persönliche Erklärung abgeben. Im Laufe der Jahre habe ich oft an Diskussionen über politische Probleme in Amerika teilgenommen, fast als einziger Europäer dieser Generation. Mit meinen Erfahrungen habe ich das als eine Selbstverständlichkeit angesehen, wie auch die Amerikaner selbst. In der Tat bin ich in vieler Hinsicht in derselben Situation wie unsere amerikanischen Freunde, die an der Konferenz teilnehmen. Zwar lehnen wir die Kriegspolitik der Johnson-Regierung in Vietnam ab, aber jeder Versuch, mich oder sie als »antiamerikanisch« abzustempeln, wäre lächerlich.

Dasselbe gilt für die schwedische Bevölkerung. Ich habe gesagt und möchte es hier wiederholen: in diesem Land, dem Gastland der Konferenz, gibt es keinen Boden für antiamerikanische Gefühle. Es gibt viele Tatsachen, die die proamerikanische Haltung Schwedens erklären: eine ist die enge Verbindung, die durch die jahrzehntelange starke Auswanderung nach Amerika bis zum Ersten Weltkrieg hergestellt wurde – danach gab es einen Überschuß von Zuwanderern von Amerika nach Schweden. Ein anderer Grund ist, daß wir über ein Jahrhundert lang dieselben oder – wenn man die ökonomischen Auswirkungen der Auswanderung berücksichtigt – eine höhere ökonomische Expansionsrate hatten als die USA. Deshalb brauchten wir niemals um militärische oder finanzielle Hilfe zu bitten. (Die Statistiken weisen für die USA ein um ein Drittel höheres Bruttosozialprodukt aus als Schweden, aber mehr als dieses Drittel wird durch die indirekten Kosten für seine riesigen ländlichen und städtischen Slums und eine im allgemeinen weniger gut organisierte Gesellschaft wieder verschlungen, ebenso durch die Kosten für seine Raumfahrt-Ambitionen, seine Kriege, seinen Militärapparat und durch eine Super-Oberklasse, die ihr Geld in einem Ausmaß in privatem Konsum verschwendet, das in einem demokratischen Wohlfahrtsstaat wie Schweden nicht am Platze ist; hinzu kommt die praktische Notwendigkeit, in der nächsten Zukunft ungeheure Summen für die Sanierung der Elendsviertel und die Rehabilitierung ihrer Bewoh-

ner aufzuwenden.) Zudem gibt es viele andere Gemeinsamkeiten in der gesamten kulturellen Entwicklung und in der gegenwärtigen kulturellen Situation hier und in den USA.
Dennoch verurteilt praktisch die gesamte schwedische Bevölkerung – abgesehen von einigen Einzelgängern – die Kriegspolitik der Johnson-Regierung in Vietnam. In der außenpolitischen Debatte des Parlaments vor einigen Monaten forderten nicht nur die Regierungssprecher, sondern auch die Führer aller politischen Parteien – von den Konservativen bis zu den Kommunisten – die Beendigung der Bombardierung Nord-Vietnams. Die Regierung verbot außerdem jeden Export von Rüstungsgütern in die USA als friedensstörend. Wir haben die diplomatischen Beziehungen zur südvietnamesischen Regierung abgebrochen, weil sie nicht das Volk vertritt. Damit gaben wir zu erkennen, daß es ein Fehler war, jenen südvietnamesischen Staat anzuerkennen, der auf das Betreiben der USA errichtet wurde, entgegen ihrem Versprechen, sich an das Genfer Abkommen zu halten. Mit der Regierung Nord-Vietnams hält die schwedische Regierung durch häufige und regelmäßige Besuche unseres Pekinger Botschafters in Hanoi diplomatischen Kontakt.
Weder die Regierung noch die Oppositionsparteien könnten es wagen, eine andere Meinung zum Vietnamkrieg zu vertreten. Das würde dem widersprechen, was das schwedische Volk fühlt und denkt. Auch die Bevölkerung lebt nicht in den Propagandawolken der Johnson-Regierung.
Obwohl in anderen westeuropäischen Ländern die Situation weniger klar ist – viele ihrer Regierungen sind in militärische Bündnisse mit der US-Regierung verwickelt und finanziell von ihr abhängig –, wird selbst dort die Bevölkerung der amerikanischen Kriegspolitik gegenüber immer kritischer. Als Johnsons Vizepräsident Hubert Humphrey einigen ausgewählten europäischen NATO-Ländern einen Besuch abstattete, mußte er durch die Polizei geschützt werden; als er nach Amerika zurückkehrte, berichtete er, er habe auf »offizieller

Seite« Verständnis für die amerikanische Politik gefunden. Keine westeuropäische Regierung kann sich erlauben, auch nur eine Kompanie zur Unterstützung der US-Armee nach Vietnam zu schicken. Die Haltung Frankreichs ist so klar wie die Schwedens, selbst auf Regierungsebene. In dieser besonderen Frage repräsentiert de Gaulle wirklich die gesamte Nation.

Außer für einige von den USA direkt abhängige Staaten im südostasiatischen Raum gilt das im großen und ganzen für alle Nationen. Es ist eine ernstzunehmende Tatsache, daß Freiwillige aus aller Welt nach Vietnam gehen würden, um am Kampf gegen die Eindringlinge teilzunehmen, wenn die Nationale Befreiungsfront ein Zeichen gäbe, daß sie willkommen wären.

Die zunehmende politische und moralische Isolierung wird von der breiten Masse des amerikanischen Volkes nicht erkannt. Sie lesen in ihren Zeitungen von Demonstrationen und Flaggenverbrennungen im Ausland, aber sie glauben, das sei unerheblich, denn die selben Dinge geschehen in den USA selbst jede Woche, während die Meinungsumfragen ihnen sagen, daß ungefähr zwei Drittel der Amerikaner Johnsons Kriegspolitik in Vietnam befürworten oder daß sie den Krieg in der Tat noch mehr und schneller eskalieren wollen.

Weder ihre Zeitung noch sonst jemand informiert sie darüber, daß es unter den Völkern der Welt auf allen Kontinenten eine starke Protestbewegung gegen die Kriegspolitik der Johnson-Regierung gibt. Ich halte das für einen gravierenden Mangel der Presse und der übrigen Nachrichtenmedien. Demonstrationen und Flaggenverbrennungen sind Nachrichten für sie, aber offenbar nicht die viel wichtigeren Trends der öffentlichen Meinung im Ausland. Diese Trends können in vielen Ländern – wie in Schweden – aus regelmäßigen Meinungsumfragen abgelesen werden. Und es gibt noch andere Möglichkeiten, dies zu messen, sobald einmal das Interesse auf diese entscheidend wichtige Frage gelenkt ist.

Das Ergebnis ist, daß die Amerikaner über ihre zunehmende moralische und politische Isolierung im unklaren gelassen werden. Ich kann nicht genug betonen, wie wichtig es ist, dem amerikanischen Volk deutlich zu machen, wie man im Ausland die Kriegspolitik der Johnson-Regierung sieht. Ich wünschte, diese Konferenz würde dazu beitragen, und ich bin sicher, daß verschiedene Aktivitäten, die von ihr unterstützt werden oder von ihr ausgehen, dies tun werden. Selbst in einer Demokratie wie den USA hat die Außenpolitik, mehr als die Innenpolitik, die Tendenz, zentralistisch und totalitär zu werden. Dafür gibt es vielerlei Gründe, die ich hier nicht diskutieren kann. Und es gibt unglücklicherweise innerhalb des demokratischen Prozesses nichts, was gewährleisten könnte, daß die gewählten und für die Außenpolitik zuständigen Männer diese Aufgaben zu erfüllen geeignet sind, und schon gar nicht, wenn die Kontrolle einer aufgeklärten öffentlichen Meinung fehlt. Die kleine Gruppe um Präsident Johnson, die diesen grausamen Krieg auf dem asiatischen Kontinent leitet, beweist täglich ihren praktischen Mangel an Perspektive und an Fähigkeit, die Kenntnis Asiens, die es in Amerika und anderswo gibt, vernünftig zu nutzen. Diese Gruppe ist infiziert von ihrer eigenen Rhetorik und ihrer eigenen Propaganda, und sie steht unter dem Zwang, alle Fehler verteidigen zu müssen, die sie bereits gemacht hat und in wachsendem Maß wiederholt. Weil sie gezwungen ist, die Wahrheit zu verfälschen, entfernt sie sich immer mehr von politischem Realismus und menschlicher Integrität. Ich zweifle nicht daran, daß sie subjektiv guten Willens ist; aber das unterstreicht nur ihre intellektuelle und emotionale Verkümmerung. Ihr Denken hat sich verzerrt, was bewiesen wird durch die »Glaubwürdigkeits-Lücke«, die niemand übersehen kann. Aber da sie über einen gewaltigen Propagandaapparat verfügt und sich auf das Schweigen, wenn nicht auf die Zustimmung einer (leider) großen Zahl ihrer besser informierten Landsleute verlassen kann, bleibt die Mehrheit der Ame-

rikaner genauso unaufgeklärt und verwirrt, wie die kleine Machtelite es selbst geworden ist. Daß ihre Rhetorik und falsche Propaganda niemanden mehr überzeugt, ist das Wesen der moralischen und politischen Isolierung der USA, die auf dieser Konferenz betont worden ist.
Hinter dieser Machtelite stehen der »militärisch-industrielle Komplex« und verschiedene nationalistisch-reaktionäre Interessengruppen, von denen es in Amerika stets viele gegeben hat und die heute ihren »großen Tag« erleben. Sie sind schon immer einflußreich gewesen. Wir können das an dem nationalen Skandal ablesen, daß der Senat der Vereinigten Staaten noch immer nicht das Genfer Protokoll von 1952 über das Verbot besonders grausamer Mittel der Kriegführung ratifiziert hat; ebensowenig hat er die Menschenrechtsabkommen ratifiziert, die in den Vereinten Nationen und der UNESCO ausgearbeitet worden sind. Dieser Punkt wurde auf der Generalversammlung der Vereinten Nationen im letzten Jahr aufgegriffen. Die Versammlung beschloß einstimmig, auch mit Zustimmung der USA, alle Staaten aufzufordern, das Genfer Protokoll zu achten. Auch verurteilte sie alle Handlungen, die den Geist des Protokolls verletzen. Sie forderte die wenigen Staaten, die dem Protokoll noch nicht formell zugestimmt hatten – womit insbesondere die USA gemeint waren – auf, die Formalitäten zu erfüllen. Aber es ist klar, daß die Mittel, die bei der Ausführung der Kriegspolitik der Johnson-Regierung in Vietnam angewendet werden, ihr nicht gestatten, auch nur einen Finger zu rühren, um diesen Skandal zu beseitigen. Statt dessen wird ihren skrupellosen Kriegsknechten freie Hand gelassen, den Spielraum zu nutzen, den die Unterlassung dieser Ratifizierung unmenschlichen Handlungen gegen ein wehrloses Volk offenläßt. Dieses Problem wird mit Sicherheit in der diesjährigen Versammlung wieder aufgegriffen werden, und zwar mit wachsender Empörung jener Nationen, deren Stimme noch nicht stumm gemacht wurde durch militärische und

finanzielle Abhängigkeit von dem Land, das die öffentliche Meinung mißachtet.

Ich habe die Hoffnung aufgegeben, daß die Gruppe in Washington, die jetzt der Motor des Krieges in Vietnam ist, zur Vernunft gebracht werden könnte. Sie ist zu sehr kompromittiert; ihr Denken ist verschlossen und, wie gesagt, durch die eigene Propaganda und die Rechtfertigung vergangener Fehler pervertiert. Die Zeit ist vorbei, sich mit diesen Leuten einzurichten und zu versuchen, sie im privaten Gespräch zu überzeugen. Jetzt ist der Zeitpunkt gekommen, die Samthandschuhe auszuziehen und diese Machtelite in aller Offenheit und ohne Rücksichtnahme zu bekämpfen. Wenn wir schweigen, werden wir zu Komplicen ihrer Taten.
Das einzige, was eine Änderung bewirken kann, ist, dem amerikanischen Volk zu helfen, die Ungeheuerlichkeit der Fehler der Johnson-Regierung in Vietnam zu erkennen. Denn in keinem anderen Land reagiert die Regierung – und ich meine sowohl den Kongreß als auch den Präsidenten – so empfindlich auf die öffentliche Meinung wie in den USA.
Eine wirksame Methode, diesen Umschwung in der öffentlichen Meinung zustande zu bringen, bestünde darin, den einfachen Mann auf der Straße darüber aufzuklären, wie die Menschen im Ausland die Kriegspolitik der Johnson-Regierung in Vietnam betrachten, ihm die wachsende moralische und politische Isolierung der Vereinigten Staaten bewußt zu machen. Genau dies ist natürlich der Grund, warum die Sprecher der Johnson-Regierung so nachdrücklich ihre Propaganda vortragen – und auch der Grund, weshalb das amerikanische Volk von den Nachrichtenmedien dagegen abgeschirmt wurde, zu erfahren, was die Menschen im Ausland denken. Es gibt eine ungeheure Sperre aus geschickt gehegten irrigen Vorstellungen, die errichtet wurde, um zu verhindern, daß dieses Wissen verbreitet wird. Dennoch ist es unsere Pflicht, diese Sperre zu überwinden und alles zu versuchen,

um das amerikanische Volk darüber zu informieren, was wir von der Kriegspolitik der Johnson-Regierung in Vietnam halten. Wir sehen heute, daß diese Politik den Punkt, von dem es keine Rückkehr gibt, überschritten hat, als Johnson im Frühjahr 1965, nachdem er vom amerikanischen Volk praktisch als Friedenspräsident gegen Goldwater gewählt worden war, die Entscheidung traf, auf die vom Generalsekretär der UNO arrangierten Friedensgespräche nicht einzugehen, und statt dessen mit dürftigen Gründen den Krieg eskalierte, indem er nicht nur die zwei Drittel von Südvietnam, die nicht von der Marionettenregierung in Saigon kontrolliert wurden, sondern auch Nordvietnam bombardieren ließ. Diese Entscheidung steht in der Tradition der Untaten gegenüber Vietnam während der ganzen McCarthy-Dulles-Ära. Die Chronik zeigt die Logik des Zirkelschlusses, der sich auch auf andere Bereiche auswirkt. Meine Analyse kommt zu dem Ergebnis: Nur ein entscheidender Umschwung der öffentlichen Meinung kann die USA und die Welt davor bewahren, das Unheil zu vergrößern. Das amerikanische Volk aufzuklären ist, wie ich meine, die wesentliche Aufgabe dieser Konferenz gewesen, und es bleibt eine Aufgabe für uns alle, wo immer man uns hinstellt, wenn diese Konferenz vorüber ist.

Keineswegs im Zorn – am wenigsten gegen das amerikanische Volk – gebe ich diese Analyse der Lage; es geschieht aus Sorge und Angst. Wir, die wir Freunde Amerikas sind, sind uns bewußt, daß der Vietnamkrieg nicht nur unerträgliche Leiden für die Vietnamesen bringt. Sie werden verstümmelt und getötet, das Getreide auf ihren Feldern wird vergiftet, ihre Hoffnungen werden zerstört, wenn sie nicht in einer durch und durch korrupten Gesellschaft leben oder, wie Tausende und Abertausende von verheirateten und unverheirateten vietnamesischen Frauen, zur Prostitution sich zwingen wollen, um die sexuellen Bedürfnisse der jungen Amerikaner zu befriedigen, die zu vielen Hunderttausenden von der

Johnson-Regierung nach Vietnam geschickt wurden. Alle diese Leiden schreien zum Himmel. Aber wir wissen auch, daß der Krieg, je länger er andauert, Amerika selbst schweren Schaden zufügt – Schaden, den man nicht berechnen kann in Dollars oder verlorenen Leben oder zerfleischten Körpern.

Das moralische Klima verschlechtert sich rapide, wenn die Menschen sich daran gewöhnen, mitanzusehen – buchstäblich in ihren eigenen Wohnungen auf dem Fernsehschirm – und sich behaglich dabei zu fühlen, wie barbarische Handlungen an Menschen begangen werden. Gewalt und Gleichgültigkeit gegenüber Gewalt verbreitet sich, Mißachtung menschlicher Integrität droht ein Bestandteil der amerikanischen Kultur zu werden. Diese besondere Auswirkung bleibt nicht auf die USA beschränkt.

Die Wirtschaftsstruktur des Landes wird verzerrt. Das mag eine weniger wichtige Kriegsfolge sein, die ein reiches Land auf sich nehmen könnte, wenn sie die einzige Folge wäre. Aber aus dieser Verzerrung resultiert die Meinung im Kongreß und im Volk, daß die steigenden Militärausgaben, die jetzt über zwanzig Milliarden Dollar im Jahr erreicht haben, den öffentlichen Haushalt so sehr belasten, daß kein Geld mehr übrigbleibt für wichtige und nötige Reformen.

Ich habe darauf hingewiesen, daß das imponierende amerikanische Herrenhaus ein mit Hypotheken schwer belastetes Stück Eigentum ist, da buchstäblich Billionen von Dollars ausgegeben werden müssen, und zwar bald, um fast sämtliche Großstädte zu sanieren und die Menschen, die in den Slums leben, zu resozialisieren. Wenn die USA den Zusammenbruch ihrer Gesellschaftsstruktur verhindern wollen – und am Ende den Verlust politischer Demokratie –, dann sind diese Sozialausgaben unerläßlich; sie sind keine Forderungen von Weltverbesserern. Was wir jedoch heute sehen, ist, daß die Reformaktivität, wie sie von dem verstorbenen Präsidenten Kennedy geplant und von Präsident Johnson in geringem, experimentellem Umfang begonnen wurde – und von ihm den anspruchsvollen Namen des »bedingungslosen Krieges gegen die Armut« und für die »Große Gesellschaft« erhielt –, jetzt zu einem quälenden Stillstand kommt. Die Bürgerrechtsbewegung ist gestoppt; die Idee gewinnt an Boden, daß die Rebellion der halbanalphabetischen und arbeitslosen Jugend in den Slums und die Konflikte zwischen den verschiedenen Gruppen in der Unterklasse »befriedet« werden sollen durch Polizeigewalt statt durch Reformen, die an die Wurzeln der Unruhe gingen.

Um den Rückzug an der Front der Reformen zu erklären, genügt es nicht, auf die steigenden Militärausgaben und das Gefühl finanzieller Überlastung hinzuweisen. Alle Kriege, besonders ein »schmutziger Krieg« wie der Vietnamkrieg, befördern reaktionäre Gesinnungen. Ich wäre nicht ehrlich zu Ihnen, wenn ich meine Befürchtungen vor Ihnen verbärge: Wenn dieser »schmutzige Krieg« nicht bald beendet wird, kann es geschehen, daß der moralische Verfall der Vereinigten Staaten bis zu dem Punkt kommt, wo sie ein durch und durch reaktionäres Land werden, das Reformen durch brutale Polizeigewalt ersetzt – Reformen in Übereinstimmung mit dem, was ich das »Amerikanische Glaubensbekenntnis« genannt habe, das heißt, in Übereinstimmung mit den Ideen der Aufklärung, die in der ganzen zivilisierten Welt, im Westen und Osten, im Norden und Süden, die gemeinsame Grundlage bilden für unsere Vision der zukünftigen Gesellschaft, die aufzubauen wir fähig sein sollten. Wenn wir gegen die Kriegspolitik der Johnson-Regierung in Vietnam protestieren, so tun wir dies, weil uns unser Gewissen dazu zwingt. Was die amerikanischen Truppen auf Befehl der Johnson-Regierung und mit Unterstützung einer irregeführten Mehrheit der amerikanischen Nation einem armen Volk in einem armen Land zufügen, sind Greueltaten, wie es sie selten in der Geschichte gegeben hat. Aber diejenigen unter uns, die ernsthafte Freunde Amerikas sind, sind gleichermaßen über das entsetzt, was der Vietnamkrieg dem amerikanischen Volk zufügt. Diesen wahnsinnigen Krieg zu beenden, ist notwendig, um das Leben des vietnamesischen Volkes und die Seele Amerikas zu retten.

Lassen sie mich schließen mit dem Bericht eines Gesprächs, das ich mit einem amerikanischen Freund bei meinem letzten Besuch in den USA führte. Mein Freund hat in verschiedenen öffentlichen Ämtern Beiträge zur Wohlfahrt seines Landes und der Welt geleistet, die ihn unter die fünf oder zehn Amerikaner einreihen, von denen man sagen kann, daß sie einen großen Namen verdient haben, auch außerhalb ihrer Heimat. Er befindet sich in einem tragischen Konflikt zwischen der Einsicht in den Wahnsinn der Kriegspolitik seiner Regierung in Vietnam und seiner Loyalität, die ihn – in meinen Augen zu Unrecht – hindert, offen gegen die Politik seiner Regierung aufzutreten, mit der er sein Leben lang in wichtigen Positionen zusammengearbeitet hat. Er ist jetzt fünfundsiebzig Jahre alt. »Ich war Soldat«, sagte er, »im Ersten Weltkrieg. Ich hatte keine Schwierigkeiten mit meinem Gewissen. Ich wußte: was ich tat, war richtig. Meine Söhne waren Soldaten im Zweiten Weltkrieg; einer wurde getötet. Sie hatten keine Schwierigkeiten mit ihrem Gewissen. Sie wußten: was sie taten, war richtig. Jetzt werden meine Enkel eingezogen für den Dienst in der amerikanischen Armee in Vietnam. Mindestens zwei von ihnen wollen den Kriegsdienst aus Gewissensgründen verweigern, und die anderen werden kein ruhiges Gewissen haben. Sie werden sich nicht sicher fühlen können, daß sie das Richtige tun.« Das ist ein Bericht, der von Männern seiner Generation in Tausenden amerikanischer Familien wiederholt werden könnte. Für mich beleuchtet er die tragische moralische Situation, in die die Johnson-Regierung das amerikanische Volk gebracht hat.

1967

Rolle und Realität der Rasse*

Diese Konferenz hat das futuristische Thema, ein Bild zu entwerfen, wie die Welt in fünfzig Jahren, also im Jahre 2018, aussehen wird. Was die Bedeutung der Rassenfrage für das Leben der Menschen in dieser fernen Zukunft betrifft, so muß ich Ihnen gleich zu Anfang sagen: ich weiß es nicht, und auch niemand anderes weiß das oder kann es wissen. Ich gehe noch weiter und sage, daß ich es für ein ganz sinnloses Unterfangen halte, darüber zu spekulieren.

Wir wissen etwas über Realität und Rolle der Rasse heute und in der Vergangenheit. Wir können alternative politische Konzepte entwickeln, die sich mit dem Rassenproblem auseinandersetzen; zudem können wir versuchen, vernünftig begründete Vorstellungen über die möglichen Auswirkungen dieser politischen Konzepte zu bilden. Wir können es sogar wagen, über den Grad von Wahrscheinlichkeit zu diskutieren, mit dem die eine oder die andere Politik mit dem einen oder dem anderen Grad von Effektivität tatsächlich übernommen und in verschiedenen Teilen der Welt realisiert werden wird, und wie diese Konzepte sich in den Rahmen anderer politischer Strategien und Entwicklungen einfügen und miteinander auf internationaler Ebene in Wechselwirkung stehen werden. Alles das sind Fragestellungen für seriöse Forschung, solange der zeitliche Horizont auf wenige Jahre oder höchstens ein oder zwei Jahrzehnte beschränkt bleibt.

Es unterliegt keinem Zweifel, daß es kaum konkrete Untersuchungen der Rassenfrage gibt. Das gilt vor allem in bezug auf die Dritte Welt, auf die wir in unserer heutigen Diskussion unsere Aufmerksamkeit konzentrieren. In einer solchen

* Vortrag auf der Konferenz »Dem Jahre 2018 entgegen«. Diese Konferenz wurde einberufen von der Vereinigung für Außenpolitik anläßlich ihres 50. Jahrestages, am 28. Mai 1968, in New York.

Lage nun eine Voraussage über die mögliche Bedeutung des Faktums Rasse in 50 Jahren zu versuchen, würde ganz entschieden die Grenze zum Schwindel überschreiten.
Bevor ich näher auf das Thema eingehe, möchte ich gern, in der Annahme, daß abweichende Meinungen unter uns willkommen sind, allgemein meine Zweifel begründen, ob es nützlich ist, unsere Voraussagen weit in die Zukunft hineinzuführen. Es hängt teilweise von der Politik ab, was geschehen wird. Geschichte ist nicht »Schicksal«, sondern wird von Menschen gemacht. Es ist kaum möglich vorherzusehen, welcher Politik man folgen wird, schon gar nicht auf Jahrzehnte hinaus. Und wie wir alle aus Erfahrung wissen sollten, ist das selbst für die nächsten Jahre ein Wagnis.
Häufig hängen kritische Entscheidungen von großer Tragweite sogar in Demokratien von dem Belieben eines einzelnen oder einer kleinen Gruppe ab. Oft muß die getroffene Wahl als zufällig, d. h. außerhalb des Zugriffs der wissenschaftlichen Prognose, betrachtet werden, da genausogut eine andere Entscheidung hätte getroffen werden oder eine andere Gruppe zufällig in der strategischen Position hätte sein können, um die Entscheidung zu treffen. Um nur ein Beispiel zu nehmen: Wenn im September 1931 der Kanzler Brüning auf Leute gehört hätte, die eine Ahnung von moderner Wirtschaftstheorie hatten, und wenn er die Mark dem Pfund Sterling und anderen Währungen in der Abwertung hätte folgen lassen – was keinerlei Anstrengung gekostet oder gar eine formale Entscheidung erfordert hätte –, dann wäre die Depression in Deutschland nicht so hart ausgefallen. Hitler wäre dann vielleicht nicht in der Lage gewesen, nach der Macht zu greifen, und es hätte vielleicht keinen Zweiten Weltkrieg gegeben mit seinen Folgen für eine große Zahl wichtiger Entwicklungen seitdem und in der Zukunft.
Wenn wir vorausblicken, so wird die Geschichte in den nächsten 50 Jahren zweifellos weitgehend von der gleichen Art zufälliger Ereignisse bestimmt sein, die man unmöglich pro-

gnostizieren kann. Andererseits gibt es allgemeine Trends, die man ermitteln und auf Jahrzehnte vorweg bestimmen kann. Ein solcher Trend ist z. B. die Bevölkerungsentwicklung. Den Zuwachs derjenigen Altersgruppen, die das Arbeitskräftepotential bilden, kann man in den engen Grenzen von mindestens dreißig Jahren voraussagen; die weitere Entwicklung jedoch und die ökonomischen, sozialen und politischen Wirkungen dieses Trends sind abhängig von der allgemeinen Politik auf einer Reihe von Gebieten, die man nur schwer durch Prognosen erfassen kann.
Hinzu kommen als Grundtatsache Einseitigkeiten in der Forschungsarbeit, denen gegenüber wir uns schon deshalb ziemlich naiv verhalten, weil die Soziologie der Wissenschaft und der Wissenschaftler die am wenigsten entwickelte Disziplin der Sozialwissenschaften ist. Jedes Wissen und Nicht-Wissen neigt zum Opportunismus, und die Wissenschaft ist nicht frei vom Einfluß unserer Wünsche und Ängste, die durch die Gesellschaft, in der wir leben, und durch unsere Neigungen determiniert sind. Je weiter wir uns von empirisch ermittelten Daten entfernen, desto ungestörter können sich natürlich solche Einseitigkeiten auswirken. Dies muß futuristische Forschung besonders verwundbar machen, vor allem dann, wenn sie sich mit der Dritten Welt beschäftigt, wo ohnehin mehr Mangel an zuverlässigen Daten herrscht, als allgemein angenommen wird.
In einer kürzlich erschienenen Arbeit über die Entwicklungsprobleme südostasiatischer Länder habe ich die Ansicht vertreten, daß fast alle Begriffe, Modelle und Theorien, die man allgemein in der Wirtschaftsplanung und in der ökonomischen Diskussion ihrer Entwicklungsprobleme verwendet, äußerst einseitig und der Wirklichkeit dieser Länder unangemessen sind. Die Einseitigkeiten schlagen sich darin nieder, daß unbequeme und schwierige Elemente außer Betracht bleiben, die den heutigen Zustand der Unterentwicklung mitverursacht haben und die heute die Hauptschwierigkeiten darstellen, auf

die diese Länder stoßen, wenn sie ihre Entwicklung intensivieren wollen: Verhaltensweisen, Institutionen und die Auswirkungen eines sehr niedrigen Lebensstandards auf die Produktivität. Das heißt, unser Wissen von den gegenwärtigen Bedingungen, Trends und Möglichkeiten ist noch viel lückenhafter, als man im allgemeinen annimmt. Und das sollte zu äußerster Vorsicht bei allen Prognosen führen, auch wenn wir uns dieser Lücken bewußt wären (was durch die Einseitigkeit eben verhindert wird), und auch wenn wir Einseitigkeiten dadurch zu vermeiden suchen, daß wir unsere Wertprämissen ausdrücklich formulieren.

I

Lassen Sie mich zu Beginn einige Binsenwahrheiten über die Rasse wiederholen, die ich als Grundlage meiner Analyse der Rassenfrage in der Dritten Welt benötige. Die Realität der Rasse als biologisches Phänomen besteht in gewissen physischen Zügen, die großen Gruppen von Menschen gemeinsam sind. Diese physischen Eigenschaften werden als Teil der biologischen Konstitution der Menschen vererbt.

An sich braucht die Rasse aufgrund von Unterschieden in diesen physischen Merkmalen noch keine bedeutende Rolle in sozialen Beziehungen zu spielen, handelte es sich nicht um Wertungen, welche Personen anhaften, die diese physischen Merkmale besitzen und die auf ihr geistiges Vermögen bezogen werden. Diese verschiedenen Wertungen sind entwürdigend für Menschen mit dunkler Hautfarbe. Man glaubt, sie seien weniger begabt, minder intelligent und hätten oft angeborene Mängel in ihrer Moral.

Solche Glaubenssätze werden in Systemen stereotypierter Meinungen oder – wie ich es genannt habe – volkstümlichen Theorien verbreitet, die man beobachten und analysieren kann, und die in einem Land wie den Vereinigten Staaten auch schon untersucht worden sind. Was sie zusammenhält, ist nicht Logik – oft sind sie in sich widersprüchlich –, sondern der opportunistische Zweck, der Herrschaft der Weißen eine Begründung zu liefern. Sie formen die Meinungen der Weißen, aber sie werden, mindestens teilweise, auch von vielen Farbigen akzeptiert. Der schwarze Nationalismus ist in der Regel eine sekundäre, eine Protesthaltung als Reaktion auf die Vorurteile der Weißen.

Normalerweise hegen die Weißen den Glauben, daß ihre entwürdigenden Ansichten über farbige Menschen sich auf »Erfahrung« stützen, da die Weißen mit wenigen Ausnahmen besser gestellt sind, mehr Bildung genossen und ein höheres kulturelles Niveau erreicht haben – im Rahmen des Zivilisationsmilieus ihres Landes, in dem sie an der Macht sind. Die Farbigen *sind* »tiefer stehend«. In dieser Tatsache erblikken einfältige Weiße einen pragmatischen Beweis für ihre eigene angeborene Überlegenheit. Das ist jedoch nicht schlüssig. Armut und alles, was Armut impliziert, ist, wie Reichtum, sozial vererbt, und die heutige Negerbevölkerung, die als Sklaven ins Land kam, mußte auf der untersten Stufe der Gesellschaft anfangen. In ihrer weiteren Entwicklung wurde sie obendrein behindert durch die Vorurteile über ihre Unterlegenheit, die sich in der amerikanischen Institution der Farbigenkaste verfestigten. Wenn Weiße, die ähnlich schlechte soziale Ausgangsbedingungen vorfanden, oft erfolgreicher gewesen sind, dann sollte uns das nicht überraschen, denn sie hatten nicht den Teufelskreis von Vorurteilen gegen die Neger im Zusammenspiel mit ihrem niedrigen Lebensstandard, wo das eine als die Ursache des anderen wirkt, zu überwinden. Ihre weiße Haut verlieh ihnen eine Anonymität, die die Neger niemals erlangen konnten.

Diese Vorurteile haben die ganze amerikanische Gesellschaft durchdrungen. Psychologen, die vor etwa zwei Generationen anfingen, die Unterschiede zwischen Weißen und Negern zu messen – und auch die zwischen Reichen und Armen, Män-

nern und Frauen –, hatten keinen Zweifel, daß es Unterschiede gab und daß diese groß waren. Aber in dem Maße, wie sie ihre Beobachtungen und ihre analytischen Werkzeuge perfektionierten, verschwanden diese Unterschiede oder sie konnten jedenfalls wissenschaftlich nicht nachgewiesen werden. Wenn es Unterschiede in den Durchschnittswerten für Gruppen gibt, so können sie nicht groß sein, und die großen Unterschiede, die es in beiden Gruppen zwischen Individuen gibt, führen zu zahlreichen Überschneidungen. Der volkstümliche Glaube, daß es große Gruppenunterschiede gibt, lebt jedoch fort und ist auch aus dem Denken der Neger nicht ganz verschwunden.
Ich habe auf diese bekannten Elemente in den amerikanischen Rassenbeziehungen hingewiesen, da sie enge Parallelen auf der Ebene der internationalen Beziehungen haben. Die Menschen in den armen Ländern sind im allgemeinen farbig, während die Menschen in den reichen Ländern weiß sind oder vorwiegend weiß wie in Amerika. Obgleich sehr wenige Untersuchungen darüber durchgeführt worden sind, gibt es wenig Grund zu der Annahme, daß die farbigen Völker in der Dritten Welt eine geringere angeborene Intelligenz besitzen oder in anderen wichtigen Eigenschaften signifikante Unterschiede aufweisen. Aber sie sind meist Analphabeten, unterernährt und schlecht ernährt, ihre Gesundheit ist oft beeinträchtigt, und sie leiden unter schrecklichen Krankheiten und allgemeinen Schwächungen des Körpers und des Geistes. So sind sie in der Tat »tieferstehend«. Und ihre Fähigkeit, sich aus Armut und allem, was die Armut mit sich bringt, zu befreien, wird behindert durch ihre nicht-biologische Erbschaft einer armen und seit langer Zeit weitgehend stagnierenden Gesellschaft.

II

Ich verlasse nun den vertrauten Bereich der Rassenbeziehungen in den USA und gehe über zu einer Analyse der Situation in Südasien – das ist der Teil der Dritten Welt, den ich intensiver studiert habe. Dabei möchte ich hervorheben, daß in Kolonialzeiten die Rasse immer eine wichtige Rolle in der volkstümlichen Theorie der Weißen über die eingeborenen Völker in den Kolonien gespielt hat. Diese Theorie hatte – wie die meisten Ideen, die die Menschen sich von der Welt bilden – einen Zweck: zu erklären, warum die Eingeborenen so arm waren und so arm zu bleiben hatten.

Ein zentrales Thema dieser Kolonialtheorie war die fehlende Interessiertheit der Eingeborenen an Möglichkeiten, ihr Einkommen und ihren Lebensstandard zu verbessern. Sie waren faul und strengten sich nicht mehr an als nötig war, um den elenden Lebensstandard zu sichern, an den sie seit Menschengedenken gewöhnt waren. Bot man ihnen Möglichkeiten, diesen Standard zu verbessern, so reizte sie das nicht etwa zu größeren Anstrengungen; im Gegenteil, es verminderte ihre Anstrengungen. Die Vorherrschaft dieser Einstellungen unter dem gemeinen Volk war offen sichtbar und konnte als durch »Erfahrung« bewiesen gelten.

Um ihre aufs bloße Überleben ausgerichtete Gesinnung zu erklären, wurde die ganze Skala von Umweltfaktoren ins Blickfeld gebracht: vor allem das heiße und oft feuchte Klima, das ununterbrochene Arbeit verhaßt machte und zur Faulheit einlud, und viele Elemente im System der sozialen Beziehungen, oft durch die Religion sanktioniert und gefestigt. Doch zugrunde lag dieser Theorie, sei es auf der volkstümlichen oder der mehr akademischen Ebene, die Doktrin der rassischen Unterlegenheit: daß diese Menschen eine andere Konstitution hätten als die Europäer. Wie das Klima, auf das man oft die Rassenunterschiede zurückführte, hatte man solche Mängel der Rasse als gegeben zu nehmen. Da es obendrein aus verständlichen Gründen nicht ratsam war zu riskieren, daß die eingeborene Bevölkerung sich gegen die Kolonialregime wendete, und zu versuchen, deren gesellschaftliche Bräuche, Einrichtungen und ihre Religion anzutasten, konnte man nichts tun, um sie zu ändern.

Man hat gelegentlich beobachtet, daß Unterernährung und niedriger Lebensstandard die Widerstandskraft und Arbeitsfähigkeit verringerten. Dies hätte Hoffnung machen sollen für eine auf Verbesserung ausgerichtete Politik. Der Glaube an die Möglichkeit einer – wie wir es heute nennen – Entwicklung durch Anhebung des Lebensstandards hätte jedoch der herrschenden Theorie der rückläufigen Versorgungskurve widersprochen; so erklärte man den vorherrschenden niedrigen Lebensstandard als letzlich durch die weniger wandlungsfähigen Elemente verursacht; die Vorstellung, daß niedrige Produktivität eine Funktion eines niedrigen Lebensstandards ist, wurde in den Hintergrund gedrängt.

Auf der akademischen Ebene wurden Aspekte dieser Kolonialtheorie in spezifischen Begriffen ausgearbeitet und durch empirische Beweisgründe untermauert. In populäreren Versionen wurden diese Erklärungen zu Stereotypen ausgestanzt, die eine Art von Volksmärchen wurden. Sie waren den Kolonialbeamten, ihren Landsleuten unter akademischen Berufen und Unternehmern und allen Weißen in einer ähnlichen Position geläufig. In gröberen Formen drückten sie dem Denken der Weißen der unteren Klassen ihren Stempel auf. Aber sie wurden auch von vielen Autoren geteilt, die im Rahmen des politischen und ökonomischen Kolonialismus arbeiteten. Das gleiche gilt von den wenigen Einheimischen, denen es gelang, höhere Stellungen im Regierungsdienst oder in den akademischen Berufen zu erreichen, oder die erfolgreiche Geschäftsleute wurden. Auch niedere Beamte oder Mittelsmänner, vor allem wenn sie einer ethnischen Minorität angehörten, durch die sie sich von den Massen unterschie-

den, hatten diese Ansichten; und nur selten wurde ihnen von irgend jemand widersprochen.
Die Kolonialtheorie war für die abhängigen Völker nicht schmeichelhaft; teilweise aus diesem Grund wurde sie auch schon zu Kolonialzeiten in der öffentlichen Diskussion unterdrückt. Nur wenn die Weißen unter sich waren, in ihren Klubs, Wohnungen und Büros, wurde sie unverblümt ausgesprochen. Mit diesen Ansichten zurückzuhalten – besonders wenn gebildete Mitglieder des einheimischen Volkes zuhörten, und selbst wenn man annehmen konnte, daß sie sie teilten – war Bestandteil der distanzierten Rücksichtnahme, die man den Menschen in der westlichen Tradition anerzog. Daraus wurde eine bewußte Politik, als in der späteren Periode eine nationalistische Bewegung entstand, die ja einen bedeutenden Teil ihrer Impulse aus der Empfindlichkeit der Gebildeten unter der abhängigen Bevölkerung gegenüber den Ansichten ihrer weißen »Herren« bezog. Der Drang zu gesellschaftlicher Exklusivität, wie er in den Klubs zutage trat und direkte Kontakte auf ein Minimum reduzierte oder überhaupt unmöglich machte, stammt aus dieser Situation. Die Weißen, damals meist Europäer, brauchten organisierte Formen des gesellschaftlichen Lebens, die es ihnen erlaubten, ungehemmt zu sein. Die gebildeten Einheimischen sahen die Exklusivität der Weißen nicht gern, doch gleichzeitig legten sie kaum Wert darauf, in engere Beziehungen mit ihnen einzutreten – eine ambivalente Einstellung zu den Institutionen der Rassentrennung, zum Beispiel Klubs nur für Weiße, wie sie auch heute in Südasien offenkundig ist.
Meine Bemerkungen über die Kolonialtheorie und vor allem über die Reaktion der gebildeten Südasiaten gründen sich auf verstreute Hinweise in der Literatur sowie auf persönliche Eindrücke und Überlegungen. Da das Problem, je mehr die Kolonialzeit ihrem Ende zuging, von allen Beteiligten als unangenehm empfunden wurde, wurde keine systematische

empirische Forschung zur Feststellung der Fakten und ihrer Analyse betrieben.

Ein noch weniger erforschtes Gebiet ist die Reaktion der breiten Massen der einheimischen Bevölkerung in Südasien auf die Kolonialtheorie der Weißen, besonders auf die ihr zugrunde liegende Doktrin der rassischen Unterlegenheit. Man kann davon ausgehen, daß die Massen nicht in Kategorien der biologischen Rasse gedacht haben. Außerdem war die Gesellschaft, in der sie lebten, stark nach Schichten gegliedert, so daß die weißen Beamten, mit denen sie nur sehr wenig Kontakt hatten, oft nicht als ihre schlimmsten Ausbeuter erschienen, sondern als Beschützer gegen Ungerechtigkeiten ihrer eigenen Oberschicht. Darum ist es sehr wohl möglich, daß sie die Weißen nur als eine ferne Superkaste, undurchschaubar, aber im ganzen wohlwollend, registrierten.

III

Die Lawine der Befreiung der Kolonien, die nach dem Ende des Zweiten Weltkrieges über Südasien hinwegging, änderte die Rassenbeziehungen zwischen weißen Ausländern und den eingeborenen farbigen Völkern radikal, mindestens was das Verhalten in der Öffentlichkeit betrifft. Man kann fast von einer Verschwörung des Schweigens sprechen. Niemand auf beiden Seiten spricht mehr über die Südasiaten als Farbige oder über die Europäer als Weiße. Die Rassenfrage war, wie es schien, aus dem Bewußtsein der Öffentlichkeit verschwunden; es wäre unhöflich gewesen, sie auch nur zu erwähnen. Die Menschen liefen umher, als wären sie buchstäblich farbenblind. Die Rasse besaß scheinbar keine Realität mehr, sie spielte keine Rolle mehr.

Das ist natürlich zu schön, um wahr zu sein, wie sich herausstellen wird, auch wenn sich die gesamte wissenschaftliche

Literatur der neueren Zeit an die Verschwörung des Schweigens hält. Wie ich gezeigt habe, war die Kolonialtheorie über die südasiatischen Völker eine defensive Rationalisierung in Übereinstimmung mit den Interessen der Herrscher über diese verarmten Völker. Diese Theorie entlastete sie von der Verantwortung dafür, daß diese Völker unter der Kolonialherrschaft rückständig blieben. Die Schuld mußte ihrer rassischen Unterlegenheit zugeschoben werden und anderen Lebens- und Arbeitsbedingungen von der Art, daß man sie nicht ändern konnte. Die Überlegungen, wie diese neuen unabhängigen Nationen sich entwickeln könnten, gewannen daher aus natürlichen Gründen den Charakter eines entschiedenen Protestes gegen die herrschende Kolonialtheorie, die ich umrissen habe. In einem Land wie Indien, das intellektuell weiter fortgeschritten war als die anderen südasiatischen Länder, hatte diese Protest-Theorie eine ziemlich gut ausgearbeitete Gestalt angenommen und in der Literatur schon vor der Unabhängigkeit ihren Niederschlag gefunden. In dieser Protesttheorie war die Rasse als ein Faktor von Unterentwicklung und Entwicklung natürlich gänzlich abgetan. Die westlichen (und die kommunistischen) Ökonomen akzeptierten bereitwillig diese Protesttheorie und übernahmen sogar eine führende Stellung in ihrer Weiterentwicklung. Wie ich in einem anderen Zusammenhang ausgeführt habe, taten sie das teils aus Diplomatie in der neuen politischen Situation, teils aufgrund ihrer eigenen Forschungserfahrungen in der entwickelten Welt, wo nicht nur Unterschiede der Rasse, sondern auch des Klimas von geringer Bedeutung waren, wo die Institutionen so eingerichtet waren, daß sie Entwicklungsimpulsen freien Lauf gewährten, und wo ein hohes Einkommensniveau in Verbindung mit Sozialversicherungen und anderen Umverteilungsmaßnahmen es eher möglich machte, den Lebensstandard allein unter den Gesichtspunkten der Wohlfahrt zu betrachten.

Um bei der Rassenfrage zu bleiben: man hatte sie einfach auf allen Gebieten der Gelehrsamkeit abgeschafft. Unter der Oberfläche freilich wirkt bei vielen – wenn nicht den meisten – Weißen immer noch, auch wenn sie es verbergen, der Glaube fort, daß die südasiatischen Völker zu einer unterlegenen Rasse gehören. Auf der anderen Seite haben manche Mitglieder der gebildeten Klasse der Südasiaten die Weißen nach wie vor in Verdacht, daß sie die Südasiaten aus rassischen Gründen verachten, obwohl sie nun gelernt haben, es zu verbergen. Und nicht wenige pflegen die Erinnerung an Fälle von rassischer Beleidigung, denen sie ausgesetzt waren oder von denen sie gehört haben. Vielleicht bin ich mir dieser vagen Eindrücke und Gefühle, die unter der Oberfläche schwelen, wegen meiner früheren Erfahrungen mit dem Rassenproblem in Amerika eher bewußt geworden als viele meiner wissenschaftlichen Kollegen. Leider hat – unter einem wissenschaftlichen Gesichtspunkt – diese Verschwörung des Schweigens über die Rassenfrage bis heute jede systematische Forschung darüber verhindert, was sich unterhalb der öffentlichen Ebene abspielt. Ich mußte mir meine Meinung ganz und gar aufgrund persönlicher Eindrücke und Mutmaßungen bilden. Das ist unbefriedigend, und ich fordere die Psychologen unter meinen Kollegen dringend auf, diese wichtigen Fragen zu untersuchen.

Alles was ich gesagt habe, betrifft die gebildete Klasse in den südasiatischen Ländern und jene Weißen, die dienstlich oder als Besucher dorthin kommen. Die Masse der Farbigen in diesen Ländern ist sich aller Wahrscheinlichkeit nach der Frage Weiße–Farbige heute so wenig bewußt wie eh und je, und die Weißen in ihren Heimatländern sind vermutlich genauso vorurteilsbeladen gegenüber den farbigen Völkern in Südasien wie früher.

IV

Während ich meine Bemerkungen über Einstellungen zur Rassenfrage in Südasien zur Kolonialzeit und nach der Erlangung der Unabhängigkeit formulierte, habe ich über eine Frage nachgedacht, die von größerer internationaler Bedeutung ist: die Dichotomie zwischen Weißen und Farbigen. Sicherlich gibt es in diesen Ländern, wie auch zwischen ihnen Spaltungen, die den gesellschaftlichen Verkehr zwischen Gruppen, die empfinden, denken und sich verhalten, als seien sie nicht vom gleichen Fleisch und Blut, einschränken oder verhindern. So gibt es in Indien die Spaltungen in Kasten. In allen anderen Ländern außer Indien und Pakistan gibt es ansehnliche Minoritätengruppen, besonders die Tamils in Ceylon und die Chinesen und Inder in allen Ländern Südasiens. Diese Spaltungen bestehen immer zwischen Gruppen verschiedener Herkunft. Sie sind einander unähnlich in Kultur, ökonomischen Rollen und oft in Religion und Sprache. Moslems und Hindus unterscheiden sich in erster Linie in der Religion, obwohl das auch von Bedeutung ist für Sitten, Kultur und gelegentlich für wirtschaftliche Rollen. Die Kaste ist ein Typ sozialer Schichtung, der sich von allen anderen unterscheidet, und der einzige, der die Menschen in ein strenges System der Über- und Unterordnung hineinstellt, die im allgemeinen von allen Parteien akzeptiert wird. Wichtig ist jedoch, daß keine dieser Spaltungen primär als eine Spaltung zwischen biologischen Rassen erfahren wird, die eine verschiedene Konstitution zeigen, selbst wenn es natürlich auch physische Eigenschaften gibt, die beispielsweise Chinesen und Inder in einer malaiischen Umgebung unterscheiden.

An dieser Stelle sollten wir uns daran erinnern, daß das Wort »Rasse« nicht viel älter als 200 Jahre ist. Ich habe die Lehre der rassischen Unterlegenheit in den westlichen Ländern als ein illegitimes Kind der Aufklärung bezeichnet. Indem sie den Homo sapiens als Gattung in die Hierarchie der Tiere stellte, legte sie den Gedanken nahe, daß es eine andersartige Sorte von Menschen mit einer andersartigen Begabung geben könne, wie bei den Affen. Diese Idee stand im Widerspruch zu dem hauptsächlichen Prinzip, das wir von der Aufklärung ererbt haben, dem Prinzip »alle Menschen sind von Geburt gleich«. Für gewöhnlich versteht man das nicht nur in dem Sinn, daß alle Menschen gleiche Rechte haben sollen, sondern auch, daß im Durchschnitt die Gruppen wirklich gleich ausgestattet sind, trotz individueller Abweichungen. Durch diese letztere Annahme antizipierten die Aufklärungsphilosophen die Ergebnisse genauer wissenschaftlicher Untersuchung um mehr als zweihundert Jahre. Wir wissen, daß die ursprüngliche Rechtfertigung der Sklaverei darin bestand, daß die Neger Heiden seien, daß die Sklaverei jedoch bald verteidigt wurde auf der Grundlage der Doktrin der rassischen Minderwertigkeit – wobei deren Aufrechterhaltung um so dringender empfunden wurde, je mehr die Negersklaven christianisiert wurden.

Vor der Ära der Aufklärung dachte man sich die Unterteilungen verschiedener Menschen auch in den Kategorien von Herkunft und Geschichte, Religion, Kultur und Sprache. Es gab verschwommene Theorien über weiße, schwarze, gelbe und rote Menschen, aber diese Methode der Gruppierung hatte, wie gegenwärtig in Südasien, keine bestimmten biologischen Begriffsinhalte. Man stellte sie sich nicht als »Rassen« vor in dem Sinne, wie dieser Begriff schließlich angewendet wurde. Manchmal habe ich mir überlegt, ob es in Südasien nicht möglich wäre, von der alten und im großen und ganzen noch dominierenden »prä-rassischen« Denkweise direkt überzugehen zu einer ganz modernen egalitären Vorstellung, ohne durch all die Ungerechtigkeiten und Leiden hindurchgehen zu müssen, die mit der verhängnisvollen Lehre der rassischen Unterlegenheit in dem von Weißen beherrschten Teil der Welt verbunden gewesen sind. Aber dies ist wahrscheinlich illusionär. Zunächst hat das Denken in Rassenkategorien sich mit Nachdruck in Asien ausgewirkt. Die offensichtliche Bevorzugung einer helleren Haut in Indien und viele ähnliche Einstellungen überall in Südasien müssen einen Teil ihrer Erklärung in einer solchen kulturellen Übertragung finden. Sie konnte ihren Einfluß auf die wohlgehütete Erinnerung vieler Mitglieder der Oberschichten sowohl bei den Hindus als auch bei den Moslems stützen, daß sie die Nachfahren von Eindringlingen aus dem Norden mit weißer Haut waren, während die Massen, damals und heute, dunkler sind. Das ganz offene Element von Widerwillen, den sie beim Kontakt mit Menschen niedrigerer Kaste empfinden, und auch das ganze Ritual im gesellschaftlichen Verkehr zeigen schlagende Ähnlichkeit zu Rassenbeziehungen in der westlichen Welt und öffnen Wege, die Rassenlehre zu übertragen, um die Kaste zu untermauern. Selbst hinsichtlich der Beziehungen zu den Minoritätengruppen, oft »orientalische Fremde« genannt, könnte eine Modernisierung der Einstellungen unter westlichem Einfluß leicht diese Spaltungen ins Licht von rassischen rücken, und das wird die Spannungen zwischen ihnen nicht mindern.

Die Kaste ist in Indien nicht verschwunden; sie ist vielleicht sogar funktional als eine soziale Institution gestärkt worden. Die Minoritäten sind in keinem Land in Südasien als gleichberechtigt anerkannt, obwohl ihre Bedeutung geringer geworden ist, da sie weitgehend aus dem Land vertrieben wurden, wie die Inder aus Birma oder, in geringerem Maße, die Chinesen aus Indonesien.

Was die Zukunft für die Entwicklung der ererbten gesellschaftlichen Schichtung in Südasien bringen wird, ist äußerst ungewiß. Wenn die Spannung in der umfassenderen Spaltung zwischen weißen und farbigen Völkern in der Welt zunimmt, könnte das mehr Solidarität zwischen allen oder den meisten der farbigen Nationen zur Folge haben – obwohl das nicht sicher ist –, aber es würde nicht notwendigerweise zu größerer Solidarität innerhalb jeder Nation führen.

V

Nach diesem Ausflug in das nationale Problem der einzelnen südasiatischen Länder will ich nun zu der Dichotomie zwischen Weiß und Farbig zurückkehren, die direkt von Bedeutung für die internationalen politischen Beziehungen sein kann. Ich habe die Empörung der farbigen Völker gegen die weißen Völker als eine Protestreaktion gegen die Vorurteile und Gefühllosigkeit der Weißen charakterisiert, auch dann, wenn sie sich in farbigen Nationalismus verwandelt. So betrachtet sind eine Anzahl von Handlungen und politischen Verfahren der Weißen geeignet, den Abgrund zu erweitern und die anti-weißen Emotionen zu verstärken. Ich muß mich hier auf eine bloße Aufzählung einiger dieser Aktionen und politischen Verfahren beschränken.

Offensichtlich ist man sich überall in Südasien bewußt, daß Atombomben nur gegen eine farbige Nation, Japan, eingesetzt worden sind, und daß weiße Amerikaner sehr wohl gezögert hätten, dieses Mittel zum Massenmord gegen eine weiße Nation anzuwenden.

Die Eskalierung des Vietnamkrieges, die Art von grausamen Waffen und die rücksichtslosen Methoden, die in jenem Krieg angewendet werden – ich zitiere einen prominenten Farbigen, U Thant, den Generalsekretär der Vereinten Nationen – sowie die Gewohnheit der US-Behörden, den »Erfolg« auf brutale Weise dadurch zu dokumentieren, daß man zählt, wieviel mehr vietnamesische Leichen als tote Amerikaner es gegeben hat, nähren die gleiche Art von Gefühlen.

Das geringe Interesse in allen westlichen Ländern für die Behauptung, in Brasilien seien 90 000 Indianer ermordet worden, fordert den Vergleich heraus, welchen ungeheuren Aufstand es entfacht hätte, wenn Weiße in ähnlich hoher Zahl umgebracht worden wären.

Als in den Nachwirkungen eines Putsches in Indonesien, dessen Ursprung noch immer ein Geheimnis ist, hunderttausend

Indonesier und Chinesen grausam ermordet wurden und die doppelte oder dreifache Zahl Kinder vaterlos wurde, hat man das im Westen einfach als einen politischen Sieg für die antikommunistische Seite berichtet und diskutiert. Wiederum verbreitet sich in Südasien das Gefühl, daß das Leben von Farbigen für die Weißen billige Ware ist.

Ich spreche davon, wie diese Dinge den gebildeten Klassen in diesen Ländern erscheinen. Das ist von Bedeutung für die »öffentliche Meinung«, wie man es nennt; doch sollte man darunter nicht dasselbe verstehen wie in den reichen Ländern, wo auch die Massen zu denen gezählt werden können, die eine Meinung über die Ereignisse in der Welt haben. Trotzdem sind diese gebildeten Klassen gewöhnlich viel zahlreicher als die winzigen Gruppen, die die Regierungsbeamten und deren Anhänger bilden. Diese haben in der Regel nur eine unsichere Kontrolle über die Macht, wie die häufigen Putsche beweisen, und sind fast immer finanziell und oft sogar militärisch abhängig von den reichen westlichen Ländern, in einigen Fällen auch von der Sowjetunion. Ich staune immer wieder, wie unbefangen man im Westen, nicht zuletzt die Regierungsvertreter, offizielle Erklärungen ungeprüft akzeptiert und sie als, sagen wir, die Reaktion »Thailands« oder gar der »Thai-Nation« auf die Ereignisse in der Welt präsentiert.

Hinzu kommen die Reaktionen der südasiatischen Intellektuellen auf das, was in den reichen Ländern geschieht. Deren Presse berichtet ausführlich über die steigende Flut von Unordnung und Gewalt. Von besonderer Wichtigkeit ist dabei natürlich die aufrührerische Entwicklung der Rassenbeziehungen in den USA. Während der Ereignisse von Little Rock war ich zufällig in Australien und reiste in den darauffolgenden Wochen nach Neu-Dehli. Ich konnte beobachten, wie überall mit Aufmerksamkeit verfolgt wurde, was die Regierung unternahm, um die Lage zu verbessern. Gelegentliche Aufstände wurden als unglückliche Einzelfälle angesehen. Das hat sich nun radikal geändert. Die Aufmerksamkeit richtet sich fast ausschließlich auf die Fehlentscheidungen, und man erwartet, daß es schlechter wird. Die Rassenfrage in den USA wird jetzt diskutiert im Sinne einer »Konfrontation« zwischen den schwarzen Ghettos und der Polizei und Armee, die im Dienste der weißen Mehrheit stehen. Das kann nicht ohne Einfluß auf den Rassenkomplex in den südasiatischen Ländern bleiben.

Sicherlich, die Reaktion in den europäischen Ländern ist nicht viel anders; aber während die Entwicklung dort nur die Einstellung der Menschen zu den USA beeinflußt, kann sie in Südasien die Emotionen gegen die Weißen verschärfen. Jene jungen Negerintellektuellen, die ihre Sache mit Antikolonialismus und Antiimperialismus identifizieren, finden durchaus ein Publikum in Südasien.

Ursache der Veränderung in der Einstellung gegenüber den USA und ihrer Art, die eigenen Rassenprobleme zu behandeln, ist nicht nur die steigende Spannung zwischen den Rassen in diesem Land, sondern auch die Verbindung zwischen diesem inneren Problem und dem Vietnamkrieg. Auch im Ausland ist erkennbar, daß die Ausrichtung auf diesen Krieg und seine unermeßlichen finanziellen Kosten dem Fortschritt politisch entgegenstehen, den Präsident Johnson mit seinem versprochenen »bedingungslosen Krieg gegen die Armut« gehen will. Und noch wichtiger ist wahrscheinlich die Assoziation zwischen dem grausamen Krieg, den dieses reiche Land unter Anwendung teurer technologischer Waffen gegen eine arme, kleine farbige Nation führt, einerseits und der gewaltsamen Unterdrückung der Rebellion der armen Neger-Minorität in den Slums daheim andererseits.

Mittlerweile haben sich die Aussichten für eine wirtschaftliche Entwicklung in den südasiatischen Ländern verdunkelt, während das Bevölkerungswachstum zunimmt. Der Kapitalfluß von den reichen Ländern stagniert. Die Qualität der Hilfe hat ebenfalls nachgelassen; mehr und mehr wird sie an

Exporte aus den hilfeleistenden Ländern gebunden, was oft höhere Preise zur Folge hat, als wenn die Mittel frei genutzt werden könnten. Ein immer größerer Teil davon hat die Form von Darlehen anstatt von Beihilfen, wodurch die mageren Exporterträge der armen Länder schwer belastet werden. Auch ist die Hilfe mehr denn je von politischen Gesichtspunkten bestimmt. Ein Drittel oder mehr der Auslandshilfe der USA, die ohnehin auf einer vergleichsweise niedrigen Stufe sich bewegt, geht nach Vietnam, und das wird als Teil ihres Engagements im Vietnamkrieg gewertet.

Die USA bestehen darauf, daß, was auch immer sie für die armen Länder tun, aus politischen Gründen geschieht, »im besten Interesse der Vereinigten Staaten« oder, in der Tat, »für die Sicherheit der Vereinigten Staaten«, nicht aus Mitleid oder Solidarität mit den Armen der Welt. Ich persönlich glaube, daß dies eine Übertreibung ist, eine Art pervertierter Puritanismus, der die Amerikaner ihren eigenen guten Absichten mißtrauen läßt; aber in den armen Ländern werden solche Erklärungen zitiert und genauso wörtlich genommen, wie es in Westeuropa in den Tagen des Marshall-Plans geschah.

Eine offensichtliche Erklärung dafür, daß ein starker Wille, die armen Länder durch Hilfe und Handel zu unterstützen, fehlt, ist natürlich der Mangel an Interessensolidarität mit diesen Ländern, die weit weg sind und einer anderen Kultur und Rasse angehören. Zunehmend sind in den letzten Jahren Hilfe und eine größere Bereitschaft, Exporte aus unentwikkelten Ländern willkommen zu heißen, deswegen unterdrückt worden, weil reiche Länder wie die USA oder Großbritannien in ernsten Devisenschwierigkeiten sind und alle anderen reichen Länder die Gefahr sehen, selber in solche Schwierigkeiten hineingezogen zu werden. Gegenüber Menschen aus der Dritten Welt kann die Tatsache, daß die reichen Länder aus Liquiditätsgründen ihre Auslandshilfe an arme Nationen kürzen und deren Exporte bremsen müssen, kaum befriedigend erklärt werden, da das völlig irrational erscheinen muß. In den reichen Ländern selbst dämpft und lähmt das alle Versuche, das Bewußtsein dafür zu wecken, was ihre Nationen aus humanitären Gründen für die Notleidenden in der Welt tun müßten.

Wie die Dinge sich entwickeln, sehe ich, wenigstens für die nächste Zukunft, wenig Hoffnung, daß die reichen Länder eine großzügigere Hilfs- und Handelspolitik gegenüber der Mehrheit der Menschheit betreiben werden.

In der Beurteilung der Auswirkungen dieser Politik auf die Meinung der gebildeten Klassen in den unentwickelten Ländern muß man verstehen, daß all diese Maßnahmen und Verhaltensweisen, die ich aufgezählt habe, zusammenwirken und sich gegenseitig verstärken. In unserem Zusammenhang fällt dabei besonders ins Auge, daß alle Gedanken und Gefühle in der Dritten Welt gegenüber den reichen Nationen, soweit sie durch deren Politik hervorgerufen werden, sich auf dem Resonanzboden ihres Rassenbewußtseins abspielen. Die nach der Unabhängigkeit herrschende Verschwörung des Schweigens über die Rasse in den Bereichen der öffentlichen und privaten sozialen Wechselbeziehungen, von der ich berichtet habe, kann natürlich vor keinem denkenden Menschen die Fakten verbergen: daß die meisten Menschen farbig sind und die Weißen eine Minderheit bilden; daß überall die Farbigen arm sind, während die Weißen reich sind; daß darum die Farbigen in Abhängigkeit von den Weißen gehalten werden; und daß alle unentwickelten Nationen farbig sind und gleichzeitig sehr arm. Die Tatsache, daß sie gewöhnlich eine winzige Oberklasse haben, die reich ist, manchmal sogar sehr reich, ändert an der grundlegenden Spaltung nichts, genausowenig wie einige wohlhabende Neger in den USA von dem Ernst des Elends der Masse der Neger ablenken können.

Unter diesen Bedingungen könnte man durchaus die Prognose wagen, daß sich das Ressentiment der armen farbigen

Nationen gegenüber den reichen weißen Nationen verstärken und daß sich auf dieser Grundlage eine gewisse Rassensolidarität unter den letzteren entwickeln wird. Wir wissen, daß, trotz der Verschwörung des Schweigens, das Rassenbewußtsein niemals aus den Köpfen der Weißen verschwunden ist. Wann immer sich nach der Unabhängigkeit Vertreter der armen Nationen zu Konferenzen trafen, verdammten ihre Protestresolutionen nicht nur Kolonialismus und Imperialismus, sondern auch »Rassismus«; damit meinten sie Gefühle, Gedanken und Taten der weißen Nationen. Der Widerstand dagegen kann leicht zu einem farbigen Nationalismus werden, wie wir aus der Erfahrung in den Vereinigten Staaten wissen. Wir wissen auch, daß Rassengefühle einen entzündenden Charakter haben, wenn sie einmal angefacht werden.

So betrachtet, schürt der Kolonialkrieg, den Portugal in seinen afrikanischen Kolonien gegen den weltweiten Trend zur Dekolonisierung führt, und besonders das Fehlen starker Gegenreaktionen gegen diese Politik unter seinen EFTA-Partnern in Europa und anderen, meist in der NATO zusammengefaßten Ländern ständig Rassengefühle in der Dritten Welt. Diese richten sich nicht nur gegen Portugal, sondern gegen alle reichen Länder, die in Zusammenarbeit mit der Salazar-Regierung in Lissabon gesehen werden.

Das gleiche gilt für die Tatsache, daß bis heute den ökonomischen Sanktionen gegen die illegale Regierung von Rhodesien, die sich auf eine winzige Minderheit von Weißen stützt und eine große Mehrheit von Farbigen unterdrückt, keinerlei Wirkung verliehen worden ist. Man hat vor Augen, daß an diesem Versagen hauptsächlich Südafrika schuld ist, das Land, das selbst wegen seiner Apartheid-Politik gegenüber seiner eigenen Farbigen-Mehrheit verurteilt wird. Es liegt zutage, daß der Handel mit und die Investitionen in Südafrika einen Wirtschaftsboom in diesem Land ermöglicht haben, wobei die USA und Großbritannien die Haupthandelspartner Südafrikas sind, bei denen es stark etablierte Interessen gibt, jede effektive Maßnahme gegen Südafrika zu verhindern. In England gibt es solche Interessen nicht zuletzt unter Arbeitern gewisser Industrien, so daß selbst die Labour-Regierung vor wirtschaftlichen Sanktionen gegen Südafrika zurückscheut. Und so finden die farbigen Nationen alle weißen Nationen im Westen in einer Front gegen sich vereint, wenn sie Maßnahmen gegen eine besonders bösartige Ausübung weißer Vorherrschaft fordern.

Ich versuche hier nur sichtbar zu machen, wie diese Politik aus dem Gesichtswinkel der gebildeten Klassen in den farbigen Nationen aussieht. In einer noch weiter gefaßten Perspektive fragen wir uns alle, welche Rolle China in Zukunft spielen wird. Die USA entschieden sich, ihren Einfluß zu nutzen, um es von den Vereinten Nationen fernzuhalten, und nach der kommunistischen Revolution 1949 haben sie Frankreich in seinem Kolonialkrieg in Indochina unterstützt. China ist immer wieder von Sprechern der USA zum eigentlichen Feind im Vietnamkrieg erklärt worden. Wird China, auf solch verschiedene Weisen provoziert, versuchen, die armen farbigen Nationen gegen die reichen, weißen Länder zu organisieren? Dies könnte – zu seiner Zeit – einen zusätzlichen und bedeutenden Ansporn zu einem internationalen Klassenkampf zwischen den armen und den reichen Nationen bedeuten, vergiftet durch den Rassenkomplex.

Aber selbst ohne eine solche apokalyptische Vision tendieren die gegenwärtigen Trends dahin, Ressentiments unter den gebildeten Klassen in den armen und farbigen Nationen gegen die reichen und weißen Nationen zu erregen. Die weitere Entwicklung hängt von der Politik ab, die von den reichen Ländern verfolgt wird. Änderungen dieser Politik sind möglich, und sie könnten ihrerseits die Zukunftserwartung der Welt verändern.

VI

Die Aufgabe, die ich erfüllen sollte, war, die Realität und Rolle der Rasse im Verhältnis zu den unentwickelten Ländern zu beschreiben. Die Begrenztheit meiner Forschungserfahrung zwang mich, die Aufmerksamkeit hauptsächlich auf Südasien zu konzentrieren. Obwohl diese Region fast ein Drittel der Menschheit umfaßt und daher sehr wichtig ist, sollte noch einmal wiederholt werden, daß einige der Probleme in anderen Teilen der Dritten Welt eine andere Gestalt annehmen können.

Zum Schluß möchte ich ein paar Bemerkungen machen, die für mich gleichzeitig die Hauptschlußfolgerungen enthalten, die ich als Sozialwissenschaftler ziehen möchte. Da es keine systematische empirische Forschung gab, mußte ich mich selbst für diese Region, mit der ich vertraut bin, auf zufällige und verstreute Beobachtungen und indirekte Ermittlungen stützen – was ein Wissenschaftler bestenfalls als Hypothesen für weitere Forschung bezeichnen kann. Solche Forschung kann durchgeführt werden, und sie sollte durchgeführt werden.

Die Zukunft der Rassenbeziehungen in der Welt – also zwischen den reichen weißen Nationen und den armen farbigen Nationen – hängt eindeutig von der Politik ab. Die weiteren Studien, die ich dringend fordere, sollten mit dieser Tatsache vor Augen unternommen werden und dem Ziel dienen, auch die Wirkungen alternativer politischer Konzepte einzuschätzen. Keine andere Methode ist realistisch, da die politischen Verfahren entscheidend dafür sind, welche Entwicklung wir voraussehen können. Wir sollten dann auch versuchen zu bestimmen, welche politischen Verfahren aller Wahrscheinlichkeit nach akzeptiert werden können.

Da Untersuchungen, die in Genauigkeit und Sicherheit über Spekulationen der Art, wie ich sie in diesem Vortrag demonstriert habe, hinausgehen, sehr viel Zeit in Anspruch nehmen und schwierig zu realisieren sind, selbst wenn sie nur vergangene und gegenwärtige Fakten und Beziehungen zwischen Fakten betreffen, und da sie genauso rasch an Genauigkeit verlieren, wie der Zeithorizont in die Zukunft ausgedehnt wird, sollte niemand hoffen, er könnte eine vertretbare Voraussage für mehr als ein paar Jahre oder höchstens ein oder zwei Jahrzehnte machen. Die Idee, die Fakten der Rassenbeziehungen 50 Jahre im voraus bestimmen zu wollen, ist außerordentlich wirklichkeitsfremd. Diese Schlußfolgerung wird dadurch erhärtet, daß auch in Zukunft politische Entscheidungen von schwerwiegender Bedeutung und mit weitreichenden Konsequenzen nicht prognostizierbar sind, weil sie von Personen und Gruppen in strategischen Positionen getroffen werden, die jetzt noch unbekannt sind.

Da die zukünftigen Rassenbeziehungen wichtig sind für mehrere andere Entwicklungen in der Welt, folgt aus unserem gegenwärtigen Mangel an Wissen über die Rolle der Rasse, aus den Schwierigkeiten, neue Kenntnisse zu erwerben, und aus der Begrenzung der Zeitspanne, für die überhaupt eine vernünftige Prognose gewagt werden kann, daß ähnliche Einschränkungen auch für die Ermittlung aller anderen zukünftigen Entwicklungen gelten, die sich zufällig mit Entwicklungen auf dem Gebiet der Rassenbeziehungen berühren.

1968

Noch einmal: Ein amerikanisches Dilemma

Die Rassenkrise in den Vereinigten Staaten in historischer Perspektive

I. Einleitung

Ich möchte zuerst Titel und Untertitel meiner Vorlesung erläutern, sowie die Bedeutung, die ich ihnen beimessen werde. Mein persönliches Engagement in der Rassenfrage in den USA reicht zurück auf ein Buch, das ich im Herbst 1942 beendet, und das 1944, vor genau einem Vierteljahrhundert, im Druck erschien: *Ein Amerikanisches Dilemma: Das Negerproblem und die moderne Demokratie.* Die historische Perspektive, von der ich im Untertitel spreche, ist eigentlich auf die Zeit begrenzt, die seit den Jahren, die ich mit der Arbeit an jener Studie verbrachte, verstrichen ist. Sie ist mein einziger Beitrag zur wissenschaftlichen Darstellung dieses Gegenstandes gewesen. Seitdem habe ich auf anderen Gebieten gearbeitet, obwohl ich natürlich versuchte, über die Ereignisse in diesem Problembereich informiert zu bleiben, indem ich amerikanische Zeitungen, Zeitschriften und eine ganze Reihe Bücher und spezielle Forschungsmonographien las. Aber ich muß klar feststellen, daß ich mich nicht länger als einen auf diesem Gebiet arbeitenden Wissenschaftler bezeichnen kann. Bevor ich beginne, muß ich in aller Bescheidenheit betonen: was der Leser von mir erwarten kann, sind die ehrlichen Ansichten eines Mannes, der einmal vor langer Zeit viel über die Rassenbeziehungen in den Vereinigten Staaten gewußt hat, der aber in den letzten Jahren der Entwicklung nur aus großer Entfernung und nicht intensiv oder systematisch gefolgt ist. Vielleicht lohnt es sich dennoch, meine Ansichten über die gegenwärtige Rassenkrise in den USA zu bedenken. Denn zweifellos gehört das Negerproblem zu jenen Sachverhalten der sozialen Beziehungen, in denen wirklich grundlegende Wandlungen sich nur allmählich vollziehen. Daher darf man annehmen, daß eine Analyse des Problems, die sich auf die Lage vor so langer Zeit stützt, wenigstens einen Teil ihrer Bedeutung behalten hat, selbst wenn sämtliche Statistiken und Quellenhinweise für meine Beobachtungen und Schlußfolgerungen überholt sind. Auf jeden Fall kann es zu einer breiteren Betrachtung des Themas beitragen, wenn man sich darüber Gedanken macht, *was sich geändert hat und was sich nicht geändert hat im Verlauf fast einer Generation.*

Natürlich haben sich viele der demographischen und sonstigen faktischen Lebens- und Arbeitsbedingungen der Negerbevölkerung geändert, und folglich auch Teile der Beziehungen zwischen den Negern und der amerikanischen Gesellschaft. Am wesentlichen Charakter des Koexistenzproblems, vor dem Weiße und Schwarze in den Vereinigten Staaten stehen, hat sich freilich wenig geändert. Es ereignen sich dramatische Konflikte in den Rassenbeziehungen, und eine Zeitlang ereigneten sie sich mit wachsender Häufigkeit und manchmal Gewalt. Aber als ich bei der Vorbereitung dieser Vorlesungen wieder *Ein Amerikanisches Dilemma* las, fand ich zu meinem Erstaunen, daß es kein einziges Thema, ja nicht einmal die Schattierung einer Idee gibt, die nicht ziemlich ausführlich in diesem Buch untersucht worden ist. Ich hoffe, in dieser Situation ist es verständlich, wenn ich meinen Ankergrund in meinem alten Buch suche. Da meine Kenntnis der faktischen Lage nicht mehr die eines Experten ist, handelt es sich, wenngleich ich dabei meist in der ersten Person spreche, nicht um einen *singularis majestatis*, sondern eher um einen *singularis modestis*.

Ich muß also zunächst *gewisse allgemeine Züge des Verfahrens*, das in jener Studie angewandt wurde, hervorheben, die auch meinen heutigen Ansichten entsprechen. Die Studie konzentrierte sich nicht, wie ein großer Teil der Literatur damals wie heute, auf die Neger in den Vereinigten Staaten, sondern auf das *Negerproblem*, also das, was man in den USA gewöhnlich als »Rassenbeziehungen« bezeichnet. In ihren Grundmerkmalen unterscheiden sich Neger nicht von anderen Menschen, genausowenig wie weiße Amerikaner. Aber die zwei Gruppen leben heute wie in der Vergangenheit in einem ganz besonderen Verhältnis zueinander, und dies hat sowohl die Neger als auch die Weißen geprägt. Es hat sich materialisiert in Einstellungen und Institutionen, die sich alle tendenziell gegenseitig stützen. Diese Einstellungen und Institutionen werden in der Regel von Generation zu Generation weitergegeben. Solche Art träger Kontinuität erweist sich als schweres Hindernis für Änderungstendenzen in den Rassenbeziehungen, gleichgültig, ob sie durch Aktionen der einen oder anderen Seite eingeleitet werden oder sich aus der Umwandlung von faktischen Bedingungen ergeben.

Im Verlauf meiner Studie wurde mir rasch klar, daß man das Negerproblem nicht isoliert von allen anderen geschichtlichen und gesellschaftlichen Prozessen interpretieren kann; es ist in Wirklichkeit ein integraler Bestandteil dieser Prozesse. Folglich schrieb ich ein Buch über *die amerikanische Zivilisation in ihrer Gesamtheit, betrachtet vom Standpunkt der Lebens- und Arbeitsbedingungen ihrer am meisten benachteiligten Bevölkerungsgruppe.*

Es gab damals wie heute eine Tendenz unter weißen und schwarzen Autoren, sich mit dem Negerproblem so zu beschäftigen, als könnte es von anderen Problemen in Amerika abgetrennt und sozusagen unter Quarantäne gestellt werden. Aber es gibt keinen einzigen Aspekt des Negerproblems, der nicht durch die gesamte amerikanische Umwelt bestimmt ist, sei es der politische Status der Neger, die Behandlung, die sie durch die Polizei und vor Gericht erfahren, die Erziehung der Jugend, ihre Chancen auf dem Arbeitsmarkt, ihre kulturellen und Persönlichkeitsmerkmale usw. Umgekehrt sind diese Fragen alle von entscheidender Bedeutung für diese weitere Umgebung.

Vor einem Vierteljahrhundert machten die Neger weniger als zehn Prozent der Gesamtbevölkerung der USA aus und verfügten über sehr viel weniger als zehn Prozent der sozialen, wirtschaftlichen und politischen Machtpositionen. In dieser Hinsicht hat es seitdem leichte Verschiebungen nach oben gegeben, allerdings wirklich geringfügige. Das Negerproblem war damals und bleibt heute hauptsächlich *ein Problem des weißen Mannes.* Wie sehr wir auch die Rebellion der Neger in der jüngsten Zeit haben stärker werden sehen, die Macht bleibt bei der weißen Mehrheit.

Wie alle anderen politischen Fragen, ist auch das Negerproblem im Grunde ein *moralisches Problem,* und zwar vor allem deshalb, weil es im Zusammenhang mit jenen Idealen gesehen werden muß, die Ausdruck und institutionelle Form in den Gründungsdokumenten der Republik fanden und die Verfassung des Landes formten. Die Lebens- und Arbeitsbedingungen, die man der Negerbevölkerung zubilligt, standen damals und stehen noch heute in scharfem Kontrast zu diesen Idealen der unbedingten Würde des Menschen, der grundlegenden Gleichheit aller und bestimmter unveräußerlicher Rechte auf Freiheit, Gerechtigkeit und Chancengleichheit. In diesem Sinne sah ich *das Negerproblem als ein Dilemma* in erster Linie für die weiße Mehrheit, die praktisch alle Macht besaß. Daher erklärte ich: »Der weiße Mann kann den Neger erniedrigen; er kann seinen Ehrgeiz durchkreuzen; er kann ihn gelegentlich schlagen und ihn sogar töten; aber er besitzt nicht die moralische Aufrichtigkeit, die Unterwerfung des Negers auch zu legalisieren und gesellschaftlich billigen zu lassen. Dagegen stehen nicht nur die Verfassung und die Gesetze, die geändert werden könnten, sondern auch das Amerikanische Glaubensbekenntnis, das fest in der Brust des Amerikaners verwurzelt ist.«

Die Vereinigten Staaten waren weder damals ein zweites Südafrika, noch sind sie es heute – auch wenn es Entwicklungen gibt, von denen man, falls sie nicht durch weiterreichende internationale politische Maßnahmen kontrolliert werden, befürchten könnte, daß sie das Land immer näher an die Apartheid heranführen. – Viele meiner amerikanischen Kollegen – nicht nur solche mit linken und marxistischen Neigungen – hielten damals mein Untersuchungsverfahren für idealistisch und unrealistisch. Dieser Kritik kann ich mich nicht beugen. Ideale sind wichtige soziale Tatsachen, wenn sie in so wichtigen Institutionen wie der Verfassung verankert sind. Wie oft sie auch verletzt werden mögen, sie bewahren ihren Einfluß auf die Dynamik gesellschaftlicher Beziehungen, vor allem langfristig.

Da ich nach wie vor zu dieser Ansicht stehe, werde ich Grund haben, auf diesen Punkt zurückzukommen. Ich bin mir bewußt, daß viele meiner Kollegen sich selbst für hartgesottene Realisten halten, wenn sie Ursachen sozialer Veränderungen zu analysieren versuchen, ohne die Tatsache anzuerkennen, daß die Menschen Probleme mit ihrem Gewissen haben und daß es sie beunruhigt, wenn sie nicht ihren Wertvorstellungen gemäß leben. Ich möchte von einem Gespräch berichten, das ich vor ein paar Jahren mit einem amerikanischen schwarzen Soziologen von einem der Colleges in Kalifornien führte. Er hatte mich in Stockholm aufgesucht, um mir in aller Freundlichkeit zu sagen, daß ich grundsätzlich im Unrecht sei, wenn ich glaubte, die amerikanischen Weißen hätten auch nur die geringsten Gewissensbisse wegen der Lage der Neger. Seiner Meinung nach sollten die Neger bei ihren strategischen Überlegungen auf keinerlei Hilfe von den Weißen rechnen. Die Weißen dächten gar nicht daran, die Situation der Neger zu bessern; sie wollten sie weiter ausbeuten und hätten nur ihre eigenen Interessen im Sinn. Ich hielt ihm vor Augen, wie relativ wenige Neger es in den Vereinigten Staaten gab. Wenn die überwältigende Mehrheit der viel besser gestellten und sehr viel mächtigeren Weißen wirklich so gleichgültig und zynisch sei, wie er glaube, dann sei sie imstande zu tun, was sie wolle, zum Beispiel die Neger nach einem

Apartheid-Muster zu segregieren. »Nein«, sagte er, »der Oberste Gerichtshof würde das nicht erlauben; es wäre gegen die Verfassung.« Ich erwiderte, daß die weiße Mehrheit, wenn sie wollte, die Verfassung radikal ändern und sogar den Obersten Gerichtshof abschaffen könnte. Der Grund, warum sie dies nicht wirklich getan hat und auch nicht daran denken kann, es zu tun, liegt letzten Endes in ihren Wertvorstellungen, die in der Verfassung verkörpert und in ihrem Gewissen internalisiert sind.

Da ich von außen kam und so etwas wie das amerikanische Negerproblem nie am eigenen Leibe erfahren hatte, fand ich das Thema Rassenbeziehungen hochgradig emotional aufgeladen. Wie konnte ich mich vor einseitigen methodischen und sachlichen Schlußfolgerungen schützen? Meine Antwort war die Entscheidung, *mit definierten Wertprämissen zu arbeiten, die als solche erklärt und auf ihre Brauchbarkeit, Relevanz und Bedeutung getestet wurden.* Diese von mir für die Studie gewählten Wertprämissen waren die bereits erwähnten traditionellen Ideale. Ich nannte sie das »Amerikanische Glaubensbekenntnis«. Ich untersuchte ihren historischen Ursprung, klärte ihre Tragweite für mein Forschungsvorhaben und spezifizierte sie für die zu untersuchenden Problemkomplexe.

Der Grund, warum ich diese Ideale als Wertprämissen für die Forschung auswählte, war ihre relativ weite Verbreitung und Macht. In der Tat zeichneten sie sich dadurch aus, daß sie den historischen Entwicklungstrend in den Vereinigten Staaten nachhaltig beeinflußt hatten, trotz schwerer und manchmal länger dauernder Rückschläge.

Die Methode, mit expliziten Wertprämissen zu arbeiten, habe ich auch bei späteren Forschungsunternehmen angewandt, neuerdings in meiner Studie über Entwicklungsprobleme in Südasien: *Asian Drama. An Inquiry Into the Poverty of Nations* (New York 1968). Das gleiche gilt für *Challenge to World Poverty. A World Anti-Poverty Pro-*

gram in Outline (New York 1970). Eine konzentrierte Version dieser Methodik habe ich in *Objectivity in Social Research* (New York 1969, deutsch: *Objektivität in der Sozialforschung*, Frankfurt/Main 1971) gegeben.
Der Gebrauch expliziter Wertprämissen dient drei Zielen. 1. Er hilft, die wissenschaftliche Untersuchung von verzerrenden, gewöhnlich unerkannten Implikationen freizuhalten. 2. Er bestimmt in einer rationalen Form die Problemstellungen, das analytische Verfahren und die Definition von Begriffen für die Analyse. 3. Er legt tragfähige logische Grundlagen für praktische und politische Schlußfolgerungen. Hier ist nicht der Ort, näher auf dieses wichtige Problem der Logik der Sozialforschung einzugehen. Fest steht, daß eine »interesselose Sozialwissenschaft« unmöglich ist, und zwar aus Gründen der Logik. Ohne einen Gesichtspunkt gibt es keine Ansicht. Ohne Fragen gibt es keine Antworten. Es finden Wertungen statt schon in der Wahl des Ausgangspunktes und der Fragestellung; diese Wertungen sollten ans Licht gebracht werden. Andernfalls stellen sie eine logische Unbestimmtheit dar, die unkontrollierten Einflüssen Tür und Tor öffnet.

Das »Amerikanische Glaubensbekenntnis« ist nichts speziell Amerikanisches. Es ist im wesentlichen das Wertsystem, das sich über Jahrhunderte hinweg in unserer westlichen Welt entwickelt hatte und in der Zeit der Aufklärung seine Blütezeit erlebte, der Zeit, in der die Republik von kolonialer Abhängigkeit befreit wurde und ihre verfassungsmäßige Gestalt erhielt. Ich will nicht verhehlen, daß diese Ideale mir teuer sind und daß es mir dadurch leichter wurde, meine Studie zu steuern, indem ich sie mir dauernd als die Wertprämissen für meine Forschung vor Augen hielt.
Wenn ich auf meine Arbeit zurückblicke, finde ich, daß ich nach einer Periode in meiner Jugend, als mein wissenschaftliches Interesse sich hauptsächlich auf reine Wirtschaftstheorie

oder Methodologie richtete, kontinuierlich meine Tätigkeit dem Problem der Armut gewidmet habe, zuerst in meiner Heimat Schweden, dann in den Vereinigten Staaten und zuletzt in Südasien und der ganzen Dritten Welt.

Politisch stehe ich auf der Seite der Neger und der Armen in den Vereinigten Staaten. Diese radikale Richtung meiner Neigungen in der Rassenfrage bedeutet jedoch keine einseitige Stellungnahme, denn meine explizit festgestellten Wertprämissen sind die radikalen Ideale des »Amerikanischen Glaubensbekenntnisses«. Die Vereinigten Staaten sind in mancherlei Hinsicht ein konservatives Land, aber die Ideale, die es immer ungewöhnlich klar vertreten hat, waren und sind radikal. Um bei der Frage zu bleiben, die ich eben in sehr persönlicher Weise beantwortet habe: Die in mehreren Bundesstaaten geltenden Gesetze gegen Mischehen werden in der Literatur gemeinhin als Fälle von Diskriminierung angesehen und analysiert; das heißt, daß sie Sitte und Humanität widersprechen. Ich bin zuversichtlich, daß der Oberste Gerichtshof diese Gesetze für verfassungswidrig erklären wird. Dies würde wieder meine Grundannahme bestätigen, daß das »Amerikanische Glaubensbekenntnis« auch den historischen Trend in Amerika bestimmt.

Offen gesagt, ich stehe nicht deswegen auf der Seite der Neger in Amerika, weil sie Neger sind, sondern weil sie zusammen mit anderen Gruppen in der amerikanischen Nation schwer mißhandelt werden. Daher bin ich nicht beteiligt oder engagiert an der besonderen Spaltung zwischen Weißen und Negern in den USA, die man definiert und erfährt als ein »Rassenproblem«. Subjektiv fühle ich nicht, daß die Frage, ob ich Weißer oder Neger bin, auch nur im geringsten für meine Einstellungen und mein Verhalten Bedeutung haben könnte. *Ich lehne es ab zuzulassen, daß das, was man in diesem Land »Rasse« nennt, irgendeine Bedeutung für mein Leben und für meine politischen Schlußfolgerungen in bezug auf das Negerproblem hat.*

In meiner Studie über das Negerproblem mußte ich viele Dinge in diesem Land scharf kritisieren. Und an diese Praxis habe ich mich in vielen anderen Angelegenheiten stets gehalten. Aber ich habe nie zu denen gehört, die sagten »Es kann auch hier geschehen« und den Zusammenbruch der Demokratie meinten. Zweimal in der jüngsten Vergangenheit wurde mein Vertrauen in Amerika ernsthaft geprüft: das eine Mal anläßlich des Abbaus der freien Diskussion und zum Teil der freien Forschung während der McCarthy-Ära; das andere Mal zum Zeitpunkt der Eskalation des Vietnamkrieges, die damals nur von einer schwachen Minderheit als illegal und grausam verurteilt wurde und obendrein als Beweis für die Unkenntnis und mangelnde intellektuelle Kompetenz derjenigen, die die Vereinigten Staaten immer tiefer in militärische Verwicklungen in Südostasien hineinführten. Als ich gleichzeitig beobachtete, wie sich das vorrangige Interesse der Nation an diesem Krieg in ihrer schwindenden Bereitschaft widerspiegelte, ihre eigenen inneren Probleme anzupacken, darunter das Negerproblem, sah ich mich veranlaßt, über die Wirkung dieses Krieges auf das moralische Klima in den Vereinigten Staaten nachzudenken: Im Sommer 1967 schrieb ich: »[...] wenn dieser ›schmutzige Krieg‹ nicht bald beendet wird, sondern noch jahrelang weitergeht – einige Militärs haben von einem Jahrzehnt oder mehr gesprochen –, kann er am Ende bewirken, daß der moralische Zerfall der Vereinigten Staaten bis zu dem Punkt kommt, wo sie ein durch und durch reaktionäres Land werden, das Reformen durch brutale Polizeigewalt ersetzt, nach innen wie nach außen.« Diese Furcht nimmt nun wieder ab. Inzwischen hat sich eine wachsende Zahl von Amerikanern gegen die gegenwärtige Regierung gestellt und gefordert, diesen Krieg unverzüglich zu beenden. Nach meiner Erfahrung wird dieses Land, wie sehr es sich auch für eine gewisse Zeit verirrt haben mag, wieder auf den richtigen Weg zurückkehren. Diese Hoffnung hege ich auch im Hinblick auf das Negerproblem:

wie düster die direkten Aussichten auch erscheinen mögen, es ist meine Überzeugung, daß auf längere Sicht der Haupttrend, trotz kurzfristiger Rückschläge, kontinuierlich in Richtung dieser Ideale gehen wird. Die politische Reaktion wird durch den Gerichtshof und die Wahlen gestoppt werden, die der letzte Schutz für die amerikanische Demokratie und die amerikanischen Ideale sind. Es gibt freilich heute, wie vor einem Vierteljahrhundert, zwingende Gründe dafür, daß diese Entwicklung beschleunigt werden müßte. *Die Verantwortung, eine solche Wende herbeizuführen, tragen wir alle, die wir unsere Bemühungen der Erhellung dieses Problems gewidmet haben.*

II. Damals und heute

Lassen Sie mich zunächst definieren, was wir unter dem »Status« der Neger in den USA verstehen. Ich denke dabei an einen ausgewogenen Index nicht nur für ihren niedrigen Lebensstandard, sondern für alle anderen ihnen aufgepreßten Nachteile. Obwohl ein allgemeiner Statusindex in dieser umfassenden Bedeutung durchaus denkbar ist, erlaubt das zugängliche Material seine genaue Fixierung nicht. Eine Untersuchung der Lebensbedingungen der Neger führt allerdings zu einer allgemeinen Vorstellung, wie ein solcher Index auszusehen hätte. Und damals wie heute geht die Diskussion über die elende Lage der Neger in der Regel so vor sich, als besäße man einen solchen Index für deren Status.

Ende der dreißiger Jahre und zu Beginn des Zweiten Weltkrieges hatte der Status der Neger seit über sechs Jahrzehnten praktisch stagniert, das heißt: seit dem nationalen Kompromiß in den 1870er Jahren, als sie den weißen Südstaatlern ohne Verteidigungsmittel wieder ausgeliefert wurden. Sieht man jedoch genauer hin, so kann man zwei Perioden unterscheiden. Bis kurz vor der Jahrhundertwende war, trotz kleiner Fortschritte in einigen Punkten, der allgemeine Statustrend nach unten gerichtet. Das war die Zeit, in der in den Südstaaten allmählich Rassentrennung und Diskriminierung institutionalisiert wurden, z. B. durch die Jim-Crow-Gesetze und -Verordnungen. Danach folgte eine Periode, in der das institutionalisierte System im großen und ganzen unverändert blieb, wo aber vermutlich innerhalb des Systems eine leichte Besserung eintrat, wenngleich extrem langsam. Die große Mehrheit der Negerbevölkerung lebte noch in den Landgebieten des Südens, obwohl kontinuierlich einzelne oder Gruppen in die Städte des Nordens zogen, vor allem während des Ersten Weltkriegs. Diese Abwanderung riß auch in der großen Depression in den dreißiger Jahren nicht ab. Unter den herrschenden Bedingungen bedeuteten diese Bevölkerungsbewegungen wahrscheinlich eine Verbesserung im durchschnittlichen Status der Neger.

Aufgrund meiner Analyse der zur Zeit meiner Studie in der amerikanischen Gesellschaft wirkenden Kräfte zog ich den Schluß, diese lange Ära nahezu vollständiger Stagnation gehe ihrem Ende entgegen. Der Trend hatte ja bereits eine leichte Wende nach oben genommen. Die Periode seit den 1870er Jahren sei nur ein »temporäres Interegnum« gewesen, schrieb ich. Und ich folgerte: »Seit der Rekonstruktion hat es zu keiner Zeit mehr Grund gegeben, grundlegende Veränderungen in den amerikanischen Rassenbeziehungen vorauszusehen, Veränderungen, die eine Entwicklung in Richtung auf die amerikanischen Ideale mit sich bringen.«

Die damals unter meinen Kollegen herrschenden Ansichten über Rassenbeziehungen in Amerika waren eher statisch und fatalistisch. Im allgemeinen nahmen sie an, daß die Veränderung im Status der Neger weiterhin äußerst langsam und ungewiß und kaum von den Maßnahmen einer zielbewußten Politik zur Verbesserung der Verhältnisse zu erfassen sei.

Gerade auf diesem Gebiet der Sozialforschung blieb Sumners altes Diktum »stateways cannot change folkways« (der Staat kann nicht wollen, was das Volk nicht will) das herausragende Vorurteil. Auch gaben sie der in den Sozialwissenschaften stets virulenten Versicherung nach, Voraussagen auf einfache Extrapolationen zu gründen, ohne die ersten schwachen Anzeichen von Veränderungen zu beachten.
In diesem Punkt behielt ich recht. Im Rückblick wird klar, daß es zu der Zeit, in der ich mein Buch schrieb, Anzeichen für einen dramatischen Bruch in der Entwicklung in der amerikanischen Gesellschaft gab, der die Verbesserung der Lage der Neger in fast jeder Hinsicht beschleunigte. Einer meiner beiden Assistenten aus der Zeit meiner Arbeit an dem Buch, der verstorbene Arnold Rose, schrieb zur zwanzigjährigen Jubiläumsausgabe des Buches ein Nachwort über das, was den Negern in den zwanzig Jahren bis 1962 widerfahren war. Es heißt dort: »Die Voraussage hat sich als zutreffend erwiesen: Mit einer beträchtlich schnelleren Rate, als man zu jener Zeit allgemein vorhersah, sind Veränderungen eingetreten; die Veränderungen sind ohne Revolution geschehen, in Übereinstimmung mit den Traditionen des ›Amerikanischen Glaubensbekenntnisses‹. [...] Die Veränderungen sind kumulativ gewesen in dem Sinne, daß eine Veränderung auf einem Gebiet Veränderungen auf anderen Gebieten angeregt hat; am deutlichsten sind die Veränderungen auf wirtschaftlichem Gebiet gewesen; danach auf rechtlichem und politischem Gebiet, und am schwächsten auf dem Gebiet der sozialen Beziehungen. Zwanzig Jahren standzuhalten, ist viel für eine Voraussage der Sozialwissenschaft, und während wir sie immer noch für gültig halten, erkennen wir, daß eine neue Prognose neue Elemente einschließen kann.« Anschließend erörterte er die Veränderungen in den verschiedenen Lebenssphären. Auf der Grundlage seiner Beobachtungen faßte er seine Ergebnisse in der Feststellung zusammen: »Um 1962 konnte es keinen Zweifel

geben, daß die Rassen sich rasch in Richtung auf Gleichheit und Integration bewegten.« – »Die Veränderung in den vorausgegangenen zwanzig Jahren war eine der raschesten in der Geschichte der Entwicklung der menschlichen Verhältnisse.« Er riskierte sogar, »das Ende aller formalen Rassentrennung und Diskriminierung« vorauszusagen. »Die dynamischen Kräfte, die Gleichheit hervorbringen, werden [...] in drei Jahrzehnten praktisch eliminiert sein.« Diese letztere Voraussage auf Jahrzehnte hinaus wäre wahrscheinlich vorsichtiger ausgefallen, wenn er gewisse in Gang befindliche Veränderungen eingehender analysiert hätte. Sie wurden formuliert, als das, was ich als die Negerrebellion diskutieren werde, noch in seiner ersten Phase war.

In diesem Zusammenhang muß ich noch einmal daran erinnern, daß Veränderungen in den Beziehungen der Menschen niemals sehr schnell vor sich gehen. Dies ist mindestens so lange wahr, wie es keine politische Revolution gibt. Sie hat es in den USA nicht gegeben. Die Lebensbedingungen für die Masse der Neger sind immer noch weit schlechter als für die Weißen.

Zu der Zeit, als ich mein Buch über das Negerproblem beendete, hatte ich die These vertreten, daß die Zeit reif sei für eine »Neudefinition des Negerstatus in Amerika«. Ich schränkte meine Schlußfolgerungen jedoch ein: »Das genaue Wesen dieser strukturellen Änderungen in der amerikanischen Gesellschaft kann man noch nicht vorhersehen. Die Geschichte ist nicht das Ergebnis eines vorbestimmten Schicksals. Nichts ist unwiderruflich, bevor es nicht der Vergangenheit angehört. Das Ergebnis hängt ab von Entscheidungen und Handlungen, die erst noch geschehen müssen.« – »Was wir jedoch definitiv wissen können, sind die Trends, wie sie sich bis zum Krieg entwickelt haben, und die bisherigen Veränderungen während des Krieges. Ausgehend von diesem Wissen, können wir die Skala von Möglichkeiten für die Zukunft unterscheiden.«

Was waren die Veränderungen, die Anfang der vierziger Jahre tatsächlich eintraten oder bevorstanden, welche ich beobachtete und wahrnahm? Sie sind in dem gesamten Buch berücksichtigt und in gedrängter Form im letzten Kapitel zusammengefaßt. Große Bedeutung maß ich den *Wirkungen des Krieges selbst* zu. Erneut fanden sich die Vereinigten Staaten in einen größeren militärischen Konflikt verwickelt und kämpften für Demokratie. Und in diesem Krieg mußte das Prinzip der Demokratie ausdrücklicher auf die Rasse angewendet werden. Faschismus und Nazismus gründeten sich auf ein Dogma der rassischen Überlegenheit, nicht unähnlich der alten, abgedroschenen Verteidigung der Farbigenkaste. Die führende Nation in der gegnerischen Koalition, Deutschland, hatte ihre Macht benutzt für eine Rassenverfolgung und Rassenunterdrückung von unglaublicher Grausamkeit und Heftigkeit. In diesem Krieg mußten die USA also Rassentoleranz und Rassengleichheit vertreten; sie mußten dem deutschen Rassismus, einem Rückfall in die Barbarei, die unveräußerlichen Freiheiten des Menschen entgegenstellen. Die Tatsache, daß die Japaner in ihrer Propaganda Gefühle gegen die Weißen in Asien schürten, machte es um so wichtiger, das Prinzip der Rassengleichheit zu betonen. Die Neger nahmen diese Erklärung mit einigem Mißtrauen entgegen. Sie wußten aus Erfahrung, daß die demokratischen Kriegsziele nicht für sie gemeint waren, aber sie begannen sie in ihrem eigenen Interesse zu nutzen. Unter dem Druck eines von A. Philip Randolph angeführten Marsches der Neger auf Washington wurde Präsident Franklin D. Roosevelt 1941 veranlaßt, eine feierliche Erklärung gegen die Rassendiskriminierung in Regierungsämtern und der Rüstungsindustrie abzugeben und das »Komitee des Präsidenten für faire Einstellungspraktiken« einzusetzen, das sowohl weiße als auch schwarze Mitglieder hatte. Das war der erste klare Durchbruch in der Tradition, daß die Bundesregierung sich nicht in die auf dem

Arbeitsmarkt vorherrschende Rassendiskriminierung einzumischen habe.

Einiges war damals bereits geschehen, wodurch die Neger, genauer: einige wenige von ihnen, zum ersten Mal die notwendigen Voraussetzungen erwarben, gegen die Mauer von Rassentrennung und Diskriminierung, die sie wie in einem Gefängnis hielt, angehen zu können. Eine wachsende Anzahl von Negerkindern genoß eine Grund- und sogar Mittelschulbildung, die langsam auch qualitativ besser wurde. Weit mehr Jugendliche als bisher besuchten Colleges, vornehmlich solche mit Rassentrennung. Einigen wenigen gelang es, eine Graduiertenausbildung für die akademischen Berufe zu erhalten.

Die Negerpresse hatte an Einfluß gewonnen und fand weitere Verbreitung. Organisationen wie die NAACP und die Urban League, die sich für die Interessen der Neger einsetzten, waren stärker geworden und hatten begonnen, sich den Zugang zu den Südstaaten zu erzwingen, wo damals die meisten Neger lebten. Die nationalen Negerführer drückten ihre Empörung nun offen aus.

Auch andere soziale Trends haben dazu beigetragen, günstigere Bedingungen für einen effektiven Protest der Neger zu schaffen. Im Süden hatten sich Neger und Weiße aus dem intimen Herr-und-Knecht-Verhältnis gelöst, das von der Sklaverei ererbt war. Besonders in den Städten war die Mittel- und Oberklasse der Neger wesentlich gewachsen, die ihren Lebensunterhalt meistens mit Dienstleistungen für ihre eigenen Leute verdienten. Teils wegen der Ächtung durch die Weißen, teils aus eigener Entscheidung unterhielten sie praktisch keine informellen und nur wenige formelle Beziehungen zu den Weißen. Sie hätten genausogut in einem anderen Land leben können, wo sie die Sprache nicht kannten und sich nur an Leute ihrer eigenen Herkunft hielten. Durch die Ausübung ihrer Berufe machten sie die Massen unabhängiger von der

weißen Gesellschaft. Die zunehmende Zahl von schwarzen Ärzten, Zahnärzten, Lehrern, Pfarrern, Apothekern trug so dazu bei, die Trennung zwischen den beiden Bevölkerungsgruppen zu vergrößern und zu vervollständigen.
Obwohl der ganze Jim-Crow-Apparat aufrechterhalten war, bemerkte ich ein langsames, aber sichtbares Nachlassen der Diskriminierung. Das Rassenetikett begann sich zu verbrauchen. Die Weißen konnten nicht gänzlich vermeiden, von Unterschieden in der Bildung und Klassenzugehörigkeit innerhalb der Gemeinschaft der Neger Kenntnis zu nehmen, und zeigten Bereitschaft, verschiedene Neger verschieden zu behandeln.
Im Gerichtswesen hatte es eindeutige Verbesserungen gegeben, obgleich die Neger im Süden noch weit davon entfernt waren, sich der Gleichheit vor dem Gesetz zu erfreuen. Lynchjustiz und Leibeigenschaft waren abgeschafft. Diese Entwicklung wurde dadurch beschleunigt, daß die Bundesgerichtshöfe und andere Bundeseinrichtungen ein wachsendes Interesse und Interventionsbereitschaft gegenüber der regionalen Gerichtsordnung zeigten, manchmal galt das sogar für Landesregierungen innerhalb der Einzelstaaten. Aber auch die Tätigkeit solcher Organisationen wie der NAACP und der Interracial Commission war von außerordentlicher Bedeutung für diese Entwicklung. Noch grundlegender war, daß das Ansehen des Gesetzes im Süden stieg und die Menschen gesetzestreuer wurden. Diese Veränderungen hingen wohl mit einer allgemeinen Steigerung des Bildungsniveaus der Südstaatler und mit ihrer umfassenderen Einbeziehung in die weitere amerikanische Kultur zusammen. Allmählich wurde der Süden »amerikanisiert«.
Selbst in der Politik gab es Anzeichen dafür, daß die Ausschließung der Neger vom Wahlrecht – wie einer größeren Anzahl der Weißen der Unterklasse – abgeschwächt wurde. Die gesetzlichen Mittel, die Neger von den Wahlurnen fernzuhalten – durch Bindung des Wahlrechts an Besitz und Bil-

dung sowie durch die Wahlsteuer –, wurden nicht nur von Negerführern, sondern auch von weißen Liberalen im Süden angegriffen. Diese Mittel verloren ihre Effektivität, weil Bildung und Preisniveau stiegen, und so mußte sich Verweigerung des Wahlrechts zunehmend auf außerlegale und illegale Sanktionen stützen. Es gelang tatsächlich hier und da einigen Negern, sich registrieren zu lassen und zu wählen.

Selbst was den Genuß öffentlicher Dienste betrifft, ließ die Diskriminierung langsam nach – wenngleich nur unter Druck und aufgrund der verbesserten Rechtspflege in den einzelnen Regionen und der Intervention der Bundesgerichte und Bundesbehörden. Fraglos war der New Deal von größter Bedeutung für die Neger, was ihren Anteil an den öffentlichen Diensten betraf. Es ist wahr, daß es die Regierung in Washington nicht wagte (oder zumindest nicht damit durchkam), die Diskriminierung im Erziehungswesen, in der Sozialhilfe, in der Landwirtschaftspolitik im Süden abzuschaffen, aber sie hat sie eindeutig vermindert. Der New Deal brachte auch einen neuen Beamtentyp in den Süden, gebildete und ehrgeizige Männer, die nicht in erster Linie daran interessiert waren, »den Neger an seinem Platz zu halten«, sondern ihn vielmehr zu ermutigen und zu fördern. Dies brachte die Neger mit der Öffentlichkeit in Berührung, und sie bekamen das Gefühl, daß Staatsautorität anders als willkürlich und repressiv sein konnte.

Im Norden hatte der rasche Zustrom von Negern während des Ersten Weltkriegs zweifellos die Rassendiskriminierung verschärft, besonders in den großen Städten mit ihren wachsenden Negerslums. Aber im Norden genossen sie weiterhin im großen und ganzen formale Gleichheit vor dem Gesetz; außerdem konnten sie ungehindert ihr Wahlrecht in Anspruch nehmen, und ihr politischer Einfluß wuchs.

Im Norden wurden den Negern im allgemeinen die öffentlichen Dienste gewährt wie anderen Bürgern – gleiche Umstände vorausgesetzt. Die letztere Einschränkung bedeutet in den USA, wo es niemals effektiv durchgesetzte Minimalstandards für Schulen oder andere öffentliche Einrichtungen gegeben hat, daß die öffentlichen Dienste in den Negerslums von viel geringerer Qualität waren als im Durchschnitt. Während in all diesen Bereichen die anfänglichen Veränderungen bei Ausbruch des Zweiten Weltkrieges entschieden in die Richtung einer Anhebung des Status der Neger in Amerika wiesen, kann man das nicht sagen von den Veränderungen in ihrer *Beschäftigungslage*. In der Landwirtschaft im Süden drohte das Elend der Neger immer schlimmer zu werden. Ihr niedriges Bildungsniveau, ihre Position auf der untersten Stufe der Beschäftigungsleiter, gewöhnlich als Plantagenpächter – die langsame Zunahme im Landbesitz der Neger hatte vor 40 Jahren aufgehört –, ihre Abhängigkeit vom Baumwollanbau und heftige Rassenvorurteile in den stagnierenden Landgebieten machten sie zu den Hauptopfern der Übervölkerung und »weißen Infiltration«, der Mechanisierung und in den dreißiger Jahren des Zusammenbruchs des Weltmarktes sowie der restriktiven Agrarpolitik.

Diese Entwicklungen in der Landwirtschaft der Südstaaten haben seitdem als treibende Kraft hinter der Wanderung der Neger in die Städte, vor allem des Nordens, gestanden. In der Großen Depression fanden sie dort jedoch kaum Arbeitsplätze, und die Arbeitslosigkeit stieg. Manche politischen Maßnahmen der Regierung, wie z. B. das Gesetz über Löhne und Arbeitszeiten, die die schlimmste Ausbeutung verhindern sollten, wirkten sich für die Neger negativ aus: sie verloren dadurch Arbeitsplatz und Einkommen. Staat und Behörden gewährten zwar Sozialunterstützung, aber keine Verdienstmöglichkeiten. Die neuen Gewerkschaften in den Industriezweigen mit Massenproduktion öffneten sich allmählich den Negern – wohl auch aus egoistischen Gründen, da das Risiko bestand, daß unorganisierte Neger während des Arbeitskampfes versucht sein könnten, Streikbrecher zu spielen. Aber selbst diese Gewerkschaften ebneten nur widerwillig den Negern den Weg, von der Schicht der ungelernten in die der angelernten oder gelernten Arbeiter aufzusteigen; und mit wenigen Ausnahmen unterstützten sie kaum Bestrebungen, den Negern neue Industriezweige zu erschließen, in denen sie bisher nicht gearbeitet hatten.

Eine sehr wichtige Veränderung war der einsetzende *Zerfall der Kastentheorie*. Für die Weißen der oberen Klassen hatte sie ihre Geltung nahezu völlig verloren. Es gab zunehmend mehr Südstaatler, die bereit waren, ihre eigene Haltung als »voreingenommen« zu bezeichnen. Aus Büchern, Zeitungen und öffentlichen Reden verschwanden entwürdigende Anschauungen über die Rassenfrage; sie führten nur noch ein heimliches Leben in Gedanken und privaten Bemerkungen, meistens unter den weniger gebildeten Weißen.

Der Trend der Psychologie, der Anthropologie und der Sozialwissenschaften überhaupt ging immer eindeutiger in die Richtung, soziale Gruppenunterschiede mit Hilfe der Milieutheorie zu erklären, und das hieß, die rassistischen Vorurteile, die zur Rechtfertigung der Trennung nach der Hautfarbe dienten, wurden Stück für Stück abgebaut. Die opportunistischen Einstellungen verloren an Autorität und Respektabilität – nicht zuletzt aufgrund der sich ausbreitenden Bildung und intellektuellen Kommunikation. Ich betrachtete diese Veränderung als unwiderruflich und kumulativ.

Auf der anderen Seite des Abgrunds zwischen den Kasten führte diese Entwicklung zu wachsender Verbitterung. Dem gebildeten Neger mußten die Gewissensbisse der Weißen als heuchlerisch erscheinen. Deswegen nahm ich an, *daß der Protest der Neger sich verschärfen würde*, angespornt durch die Verbreitung und Verbesserung der Bildung. »Die Gruppe der Neger wird jetzt durchdrungen von den demokratischen und egalitären Werten der amerikanischen Kultur. Da gleichzeitig die Trennung zwischen den beiden Gruppen gewachsen ist, beginnen die Neger, eine selbstbewußte ›Nation innerhalb der

Nation‹ zu bilden und immer klarer ihre grundsätzlichen Anklagen gegen das weiße Amerika zu formulieren. *Amerika kann nie wieder seine Neger als eine geduldige, unterwürfige Minorität betrachten.* Die Neger werden sich immer weniger ›anpassen‹. Sie werden sich organisieren für Verteidigung und Angriff. Sie werden sich immer stärker vernehmen lassen. Sie werden ein machtvolles Instrument im Kampf gegen das weiße Amerika besitzen: die ruhmreichen amerikanischen Ideale der Demokratie, Freiheit und Gleichheit, denen die USA nicht nur durch ihre politische Verfassung, sondern auch durch die Loyalität ihrer Bürger verpflichtet sind. Die Neger sind eine Minderheit, und sie sind arm und unterdrückt, aber sie haben den Vorteil, daß sie aus voller Überzeugung kämpfen können. Die Weißen besitzen alle Macht, sind aber in ihrem moralischen Engagement gespalten. Ihr besseres Selbst ist bei den Aufständischen; andere Verbündete brauchen die Neger nicht.« – »Amerika hat die Freiheit zu wählen, ob der Neger seine Schuld bleiben soll oder seine Chance wird. [...] Wenn Amerika das letztere wählen will, darf es nicht einfach warten auf das, was kommt. Es muß einen großen Schritt tun, und zwar bald.«

Es sollte noch mehr als ein Jahrzehnt dauern, bis der organisierte Protest der Neger eine bedeutende nationale Angelegenheit wurde. Was wirklich geschah, war, daß die Veränderungen, die ich hervorgehoben hatte, fortschritten und sich beschleunigten. Um so rascher und eher hätte man erkennen müssen, daß die Vereinigten Staaten sich bald einem entscheidenden Punkt in der Negerfrage nähern würden. Aber die relative Verbesserung der Lebens- und Arbeitsbedingungen der Neger, die nach wie vor unter Rassentrennung und Diskriminierung vonstatten ging, machte viele Weiße blind für die ungelösten Probleme. Man gab sich zufrieden mit halben Lösungen; selbst die liberalen weißen Intellektuellen lebten lange Zeit in erstaunlicher Selbstgefälligkeit. Als die Protestbewegung schließlich an Stärke und Intensität ge-

gewann, war dies für die Politiker und Regierungsbeamten, für die Professoren und die allgemeine weiße Öffentlichkeit überraschend, fast ein Schock. In einer im vorigen Jahr veröffentlichten Aufsatzsammlung über das Großstadtproblem gibt Melvin M. Webber, ein Stadtplaner, folgende Erklärung dafür: »Es ist ernüchternd, daß kein Soziologe die Größe der Negerrevolte voraussagte, daß kein Urbanist vor dem Krieg die Entwicklungsmuster amerikanischer Städte nach dem Krieg voraussah und daß bis heute noch niemand – das beunruhigt am meisten – systematische Alternativen für die Zukunft entworfen hat und den Versuch unternahm, den möglichen Verlauf der Ereignisse auf diesen Gebieten vorzuzeichnen.«

Soweit es die Probleme der Neger betraf, spiegelte sich die Selbstgefälligkeit, die ich eben als die dominierende Einstellung bezeichnete, in einem deutlichen Desinteresse wider, auch nur Forschungsmittel zur Analyse der Situation bereitzustellen. Als ich zu Beginn der Negerrebellion in den Vereinigten Staaten war, fand eine Konferenz von Sozialwissenschaftlern und Vertretern von Forschungsstiftungen statt; es herrschte völlige Übereinstimmung, daß das Negerproblem ungefähr seit Anfang des Zweiten Weltkrieges an untergeordneter Stelle rangierte. In diesem Punkt hat es nun einen scharfen Bruch gegeben. In den letzten Jahren erschienen zahlreiche Untersuchungen, in denen die Lebens- und Arbeitsbedingungen der Neger, ihre Einstellungen, die Strategie ihrer Führer und die Reaktion der Massen in verschiedenen Regionen und sozialen sowie Altersgruppen dargestellt wurden. Wahrscheinlich befinden wir uns erst am Anfang dieser weitreichenden Umorientierung der Forschung und des öffentlichen Interesses. Dies wiederum bestätigt meine Hypothese, daß Veränderungen in der Orientierung der sozialwissenschaftlichen Forschung selten von der Art einer spontanen wissenschaftlichen Entwicklung sind, sondern davon abhängen, was in einer Gesellschaft als wichtig hervortritt. Sie sind gewissermaßen eine Widerspiegelung dessen, was wir ganz allgemein politische Veränderungen nennen können. Das Negerproblem in all seinen Aspekten wird heute in den USA deswegen so intensiv studiert, weil man endlich begriffen hat, daß es von größter nationaler und gesellschaftlicher Bedeutung ist. Die Universitätsbehörden und Stiftungen, die, wie immer, getreu widerspiegeln, was jeweils als das nationale Interesse angesehen wird, finanzieren heute bereitwillig Forschungen auf diesem Sektor. Diese Anpassung ist an sich nur natürlich und wünschenswert. Aber selbstverständlich wäre es vernünftiger gewesen, beizeiten Voraussicht zu beweisen. Auch jetzt wäre es besser, wenn diese Forschung mehr auf das ausgerichtet wäre, was die Zukunft in sich trägt, und besonders darauf, wie man mit rationaler Planung der zukünftigen Entwicklung gerecht werden und sie beeinflussen kann.

Amerika ist inzwischen mit Nachdruck auf den heutigen Status der Neger aufmerksam gemacht worden. Das erlaubt es mir, mich auf die gewichtigsten Fakten zu beschränken.

III. Die Rebellion der Neger

In der Diskussion nach dem Kriege über die Entwicklungsprobleme in den unentwickelten Ländern wurde das Wort von der »Revolution der steigenden Erwartungen« geprägt. Man wies immer wieder darauf hin, daß die Erwartungen, wenn man die Verhältnisse nur ein wenig bessern würde, um so schneller steigen würden. Ich fand gute Gründe, diesen Gedanken zu mißbilligen, sofern die Volksmassen in den meisten dieser Länder gemeint waren. Er erklärt dort hauptsächlich eine Reaktion der winzigen gebildeten Oberklasse.

Zum einen hat es kaum einschneidende Verbesserungen im sozialen und ökonomischen Bereich für die Massen gegeben – z. B. für den größeren Teil der achtzig Prozent Inder, die in den Dörfern leben. Zum anderen gibt es bei diesen Massen wenige Anzeichen für »steigende Erwartungen« oder einen Wandel des Bewußtseins, der angeblich dieser Veränderung folgen soll. Kurz: diese populäre Theorie drückt vor allem aus, wie die reichen Länder und die gebildeten Oberschichten in den armen Ländern sich vorstellen, daß es Menschen, die in großem Elend leben, bewegt.

Aber die Bewohner der Negerslums in den Vereinigten Staaten befinden sich in einer anderen Lage; sie haben wohlhabende Amerikaner gleich in der Nachbarschaft, sie treffen sie auf der Straße und oft bei der Arbeit. Trotz der Unterschiede in den Schulen können die meisten lesen. Es gibt Zeitungen, Fernseher und Radios, die selbst in den Slums die Ideen und Lebensweisen der Besitzenden bekannt machen und den Besitzlosen vor Augen führen, wie grausam benachteiligt sie sind. Selbst wenn die Trends in ihren Lebens- und Arbeitsbedingungen nach oben zeigen – was, wie wir sahen, nicht immer der Fall ist –, steht außer Frage, daß alles, was sie sehen, lesen und hören, sie mit ihrem Los unzufrieden machen muß.

Schon vor einem Vierteljahrhundert war zu beobachten, daß bei den Negern ein trotziges Gefühl der Entfremdung und des Protestes, in Einzelfällen nahezu Haß, gegen die Weißen aufkam und sich ausbreitete, und zwar nicht nur bei den gebildeten Negern der Mittel- und Oberklasse, sondern auch bei den Massen. Man erlebte das, wenn man mit Leuten in Harlem oder Chicagos Black Belt, aber auch in den Städten im Süden und sogar in den Landbezirken sprach. Die weite Verbreitung dieser Einstellung gehört zur Erklärung dessen, was in jenen Tagen der »böse Nigger« genannt wurde, der selbst die Polizei herausforderte und unter seinen Brüdern häufig recht populär war; manche sahen in ihm einen Robin Hood und Vorkämpfer der Negergesellschaft. Die Farbigenkaste schuf, zusammen mit der schleichenden Isolierung von den Weißen, einen Resonanzboden, der individuelle Gefühle verstärkte und sie gleichzeitig in Bereitschaft zu kollektiver Aktion umwandelte. Dies ist – in ganz allgemeinen Worten – *der Mechanismus des Negerprotestes und seiner Weiterentwicklung zur Rebellion.*

Es ist wichtig zu erkennen, daß der Negerprotest, soweit er die Bedeutung einer organisierten Widerstandsbewegung gegen die herrschende weiße Gesellschaft und die örtlichen Behörden erlangte, vom Süden seinen Ausgang nahm, nicht vom Norden. Obwohl es schon viel früher Auseinandersetzungen gegeben hatte – selbst in der Zeit der Sklaverei –, ist der erfolgreiche zehnmonatige Busboykott in Montgomery/Alabama von 1955–1956 das Signal für das, was kommen sollte. Der Protest begann mit einem typischen Zwischenfall, wie es, auch in den letzten Jahren, Tausende gegeben haben muß – der Festnahme einer Negerfrau, die sich weigerte, ihren Sitzplatz an einen weißen Mann abzutreten, weil ihr die Füße schmerzten –, aber er führte rasch zu einem organisierten Boykott, in dem Neger aller sozialen und ökonomischen Schichten zusammenarbeiteten und der die Busgesellschaft fast ruinierte. Innerhalb kurzer Zeit war die Rassentrennung in den Bussen praktisch in jeder Stadt des Südens beendet.

Den Boykott in Montgomery leitete ein junger Pfarrer, Martin Luther King Jr., der mit dieser Aktion eine politische Tätigkeit begann, die ihn in eine Reihe mit den großen Negerführern stellen sollte: Frederik Douglass, Booker T. Washington und W. E. B. DuBois. Sie alle handelten zwar unter unterschiedlichen Bedingungen und paßten ihre Strategie dem Terrain an, aber im Grunde arbeiteten sie auf das gleiche Ziel hin; sie verdienen einen Platz unter denjenigen amerikanischen Staatsmännern, die das Schicksal dieses Landes tief beeinflußt haben.

Die Massen wurden dazu gebracht, überlegt gegen eine ungerechte Gesellschaft zu demonstrieren; sie wurden aufgerufen, Unternehmen zu boykottieren, die die Neger am Arbeitsplatz diskriminierten oder Neger prinzipiell nicht einstellten. Später entwickelte sich eine neue Taktik: das »sit-in«. Innerhalb eines Jahres wurde in mehr als 150 Städten die Rassentrennung in den Imbißstuben aufgehoben. Die »freedom riders« fuhren durch den Süden und benutzten die Busbahnhöfe und deren Einrichtungen. Als sich die Bewegung entfaltete, stießen Neger und Weiße aus dem Norden zu ihr; die Schlachtfelder lagen jedoch die ganze Zeit über im Süden, und King und seine Mitarbeiter, die oft selbst Pfarrer waren, behielten die Führung.

Wenngleich King und andere Negerführer eine bedeutende Rolle spielten und die Neger der Mittel- und Oberklassen ziemlich einhellig teilnahmen, war die Bewegung von Anfang an eine Massenbewegung. Das Bemerkenswerte war, daß sie so gut organisiert und auf allgemeine, aber erreichbare Ziele ausgerichtet blieb. Dies strafte eine Schlußfolgerung Lügen, die ich und andere aus dem Aufstieg und Zusammenbruch der Garvey-Bewegung in der Zeit nach dem Ersten Weltkrieg gezogen hatten, nämlich daß die einzig effektive Methode, die amerikanischen Neger zu einer Massenbewegung zu versammeln, ein emotionaler, rassenchauvinistischer Appell sei.

Indem die etablierten amerikanischen Rechte auf friedliches Picketing, Demonstrationen und Boykotts ausgenutzt wurden, erreichte man schließlich, daß Gewalt allein von den Gegnern der Rebellion ausging. Ich war 1963 zufällig in Detroit, als die Zeitungen Photos von Polizeihunden, die in Birmingham Negerkinder bissen, in großer Aufmachung veröffentlichten; ähnliche Greueltaten ereigneten sich 1965 in Zusammenstößen mit der Polizei in Selma. Hier wiederholte sich ein Widerstandsverhalten, das Ghandi entwickelt hatte: er hatte seinen Kampf gegen die britische Kolonialmacht gewaltlos und mit der Verweigerung der Mitarbeit geführt und es dem Gegner überlassen, Gewalt anzuwenden; das war mehr als ein moralisches Konzept, es war eine überlegene politische Taktik, die schließlich den Erfolg brachte. Ähnlich verfuhr Martin Luther King, als er seine politischen Mittel wählte.

Die erste Phase der Negerrebellion fand ihren Höhepunkt (und fast ihr Ende) in dem Marsch auf Washington 1964, an dem mehr als zweihunderttausend Menschen teilnahmen, darunter nahezu ein Drittel Weiße.

Die Reaktion der amerikanischen Regierung und des Kongresses – und des amerikanischen Volkes, dessen Mehrheit Weiße waren – bestand in zwei Bürgerrechtsnovellen, die 1964 und 1965 verabschiedet wurden. Noch wenige Jahre zuvor hätte niemand gedacht, daß derart radikale Gesetze den Kongress verlassen könnten.

Mich interessiert folgende Frage, über die es meines Wissens noch keine Untersuchung gibt: *Warum und wie wurden die herrschenden Weißen in den USA innerhalb weniger Jahre dazu gebracht, diese Gesetze zu erlassen*? Es ist klar, daß ein Gesinnungswandel stattgefunden hatte. Ich glaube nicht, daß sie aus Furcht handelten. Die Negerrebellion im Süden stellte keinerlei ernste Gefahr für irgend jemanden außer für die Teilnehmer an ihren Demonstrationen dar; *sie war jedoch eine Herausforderung weniger der amerikanischen Machtstruktur als des Gewissens der Weißen, die alle Macht in der Hand hielten.*

Wenn die Mehrheit der Weißen so rasch und in so wesentlichen Punkten zurückwich, bestätigt das meine Überzeugung, daß die institutionalisierten Ideale des »Amerikanischen Glaubensbekenntnisses« eine Rolle in der Dynamik der Rassenbeziehungen spielen. Diese Ideale bilden ein Hindernis gegen Versuche, den Status der Neger zu drücken; aber sie können auch eine Kraft werden, die mit der Forderung nach Gleichheit Ernst macht.

Es ist richtig, wir kennen nur wenige Beispiele aus der Geschichte, wo eine privilegierte, an der Macht befindliche Gruppe von ihren Privilegien abließ und aus purem Idealismus

anderen ihre Monopolstellungen öffnete. Wenn jedoch ein solcher Druck ausgeübt wird, kann die Energie der Ideale freigesetzt werden und Bedeutung erlangen. Genau dies geschah unter dem Einfluß der Negerrebellion im Süden.
Im Jahre 1967, als das Klima der Rassenbeziehungen in den USA sich gewandelt hatte, lehnte der Kongreß eine Gesetzesvorlage gegen die Diskriminierung im Wohnungswesen ab. Wenn das Gesetz 1968 dann doch zustande kam, dann als Antwort auf den nationalen Schock nach dem Mord an Martin Luther King. Trotz der Unruhen, die in vielen Städten auf dieses scheußliche Verbrechen folgten, bin ich der Meinung, daß der Kongreß nicht aus Angst, sondern aus Reue handelte.

Bevor wir die Szene des Südens während jener ersten Phase der Negerrebellion verlassen, wollen wir kurz auf die Auswirkungen der neuen Bürgerrechtsgesetze sowie der Entscheidung des Obersten Gerichtshofes, die Rassentrennung in den Schulen aufzuheben, eingehen.
Es ist eine amerikanische Tradition in den Sozialwissenschaften, *Versuche abzulehnen, die Gesellschaft mit legalen Mitteln zu ändern.* Dies ist zum Teil eine Einstellung, die von konservativen Tendenzen auf der Linie von Sumners These, daß der Staat das Volk nicht ändern könne, herrührt. Aber vor fünfundzwanzig Jahren war dies auch eine Einstellung von Sozialwissenschaftlern mit radikalem Programm, nicht zuletzt unter der Negerintelligenz. Wie einige weiße Radikale neigten sie zu dem Glauben, nur eine politische und ökonomische Revolution könne die Verhältnisse ändern; im Grunde stimmten ihnen darin die Konservativen zu, mit dem einen Unterschied, daß sie an die Revolution nicht glaubten und sie nicht wünschten.
Selbst wenn sich seitdem vieles in beiden Lagern gewandelt hat, dominiert in Amerika nach wie vor prinzipieller Pessimismus hinsichtlich der Möglichkeit, die Gesellschaft durch

zielbewußt geplante Reformen, besonders legale Reformen, zu ändern. Das entspricht einer allgemeinen Unlust, den Blick weiter in die Zukunft zu richten als nur ein paar Jahre und die Zukunft vernünftig zu planen. Diese Besonderheit in der Denkweise von Amerikanern fällt vielleicht einem Schweden besonders ins Auge, der seine frühen intellektuellen Impulse in einer Gesellschaft empfing, in der nach einem Planungsprozeß, der regelmäßig abläuft, permanent Veränderungen durch Reformen herbeigeführt werden.

Diese amerikanische Einstellung ist zum Teil ein Nebeneffekt der ungewöhnlichen Sitte, Ideale in Gesetzesform zu bringen, selbst wenn die Nation nicht bereit ist, sie zu erfüllen. Dies hat gewiß nicht nur negative Folgen gehabt. Wie ich schon hervorgehoben habe, stärkt es die Stellung der Ideale, aber zweifellos beeinträchtigt es auch tendenziell die Hoffnung, daß die Gesetzgebung unmittelbar praktische Wirkungen habe. Außerdem haben die Amerikaner zwei größere traumatische Erfahrungen mit effektiver Gesetzgebung hinter sich, die Rekonstruktion und die Prohibition. Nach wie vor bezweifelt man in den USA, daß mit bestimmten Gesetzen auf lange Sicht außergewöhnliche Erfolge, beispielsweise in der Einkommensbesteuerung oder der Verkehrsregelung, zu erzielen seien.

Doch ganz abgesehen von solchen allgemeinen Gründen, war leicht vorauszusehen, daß die Entscheidung des Obersten Gerichtshofes von 1954, die Rassentrennung in den Schulen aufzuheben, auf starken Widerstand im Süden stoßen würde. Ein ähnliches Muster verzögerter Wirkung gilt im großen und ganzen auch für einige andere Rechte, die den Negern durch die Bürgerrechtsgesetze gewährt wurden. Und dies wiederum scheint die vorherrschende amerikanische Theorie von der Wirkungslosigkeit der Gesetzgebung zu bestätigen. Viele Neger, die lange Zeit anders gedacht hatten, bekamen nun Grund zur Enttäuschung und Verbitterung. Doch sollten die positiven Effekte nicht unterschlagen werden: die ganze

Jim-Crow-Gesetzgebung war mit einem Streich beseitigt. Und sofern Rassentrennung und Diskriminierung im Süden aufrechterhalten wurden, mußten sie sich nun auf außerlegale und illegale Sanktionen stützen, die angreifbar und schwach sind. Die Neger hatten einen Sieg errungen, der in spezifischen Begriffen definierte, sowohl was Recht als auch was Unrecht ist. Gleichzeitig entdeckten sie konkrete und leicht verständliche Ziele für ihren Kampf, auf lokaler wie auf Bundesebene.

Das Recht, in den Wählerlisten registriert zu werden und zu wählen, ist weitgehend durchgesetzt worden. Und da die Stimmen der Neger in den Südstaaten von Jahr zu Jahr wichtiger werden, können sie genutzt werden, um in allen anderen Belangen und Bereichen Fortschritte zu erzwingen. Daher neige ich dazu, der Verabschiedung von Bürgerrechtsgesetzen und anderen legalen Veränderungen größere Bedeutung beizumessen, als man das in der Regel in Amerika tut, die meisten wissenschaftlichen Abhandlungen eingeschlossen. Ich sähe gern mehr Detailstudien über Städte und Landkreise in verschiedenen Teilen des Südens, in denen analysiert wird, was jetzt unter dem Einfluß einer veränderten Rechtslage, unter dem Druck Washingtons und organisierter Aktivität der Neger tatsächlich geschieht. Ich wüßte gern, nicht nur wie die Institutionen im Süden sich wandeln, sondern auch, wie sich in diesem Prozeß die Einstellungen der weißen Südstaatler ändern. Bislang besitzen wir wenig von dieser Art faktischer und praktisch orientierter Forschung, die mit den Füßen auf dem Boden steht.

Als die Negerrebellion auf den Norden übergriff, änderte sie ihren Charakter. Dort lebt heute die Hälfte der Negerbevölkerung, meistens in Ghettos in den Großstädten. Was das Wahlrecht und formale Bürgerrechte betraf, hatten die Neger im Norden (einschließlich des Westens) sie seit Generationen genossen, in einigen Gebieten schon immer. Trotzdem litten sie unter Rassentrennung und Diskriminierung, deren Wirkung oft nicht minder schlimm war als im Süden (oder schlimmer). Aber da es nun keine Jim-Crow-Gesetze mehr gab, um die Rassentrennung und Unterdrückung der Neger zu sichern, mußte dies alles »auf privatem Wege« geschehen. Durch den Mechanismus eines Teufelskreises von Ursachen und Wirkungen schufen die Weißen mit unendlich vielen Einzelhandlungen ein schreckliches soziales System der Rassentrennung und Diskriminierung – im Wohnungswesen, in den Schulen und anderen öffentlichen Einrichtungen, in der Vergabe von Arbeitsplätzen usw. Der einzelne Weiße kann, wenn er innerhalb dieses Systems handelt, kaum die soziale und ökonomische Bedeutung dessen erkennen, was er und alle anderen Weißen tun. Bringt man diese oft geringfügigen »privaten« Diskriminierungsakte zur Wechselwirkung innerhalb des sozialen Systems, dann wird ihr kumulatives Gewicht so groß, daß sie – selbst wenn Gesetze gegen die Rassendiskriminierung erlassen werden und ein Verwaltungsapparat zu ihrer Durchsetzung eingerichtet wird – die sozialen Beziehungen determinieren.

Im gegenwärtigen Zusammenhang besteht die Bedeutung dieses unterschiedlichen Charakters der Rassentrennung und Diskriminierung im Norden darin, daß es nicht so leicht ist, Zielsetzungen für den Negerprotest zu definieren wie im Süden. Es gibt weniger erklärte Gegner der Rassengleichheit; die Weißen im Norden fühlen sich subjektiv nicht derart schuldig wie die im Süden. Es gibt keine definitiven und augenfälligen Barrieren. Die Neger müssen faktisch eine Änderung des ganzen Gesellschaftssystems fordern, die geeignet ist, den Anreiz und die Möglichkeit der »privaten« Diskriminierung in Millionen von Einzelsituationen zu beseitigen; andernfalls kann die Negerrebellion kaum etwas anderes werden als ein zielloser Ausbruch der Empörung. Daraus geht hervor, daß realistische Programme zur Anhebung des Status der Neger im Norden eine einigermaßen gründliche Analyse des ganzen Gesellschaftssystems voraussetzen, und zwar *eine solche Analyse, die auf radikale, langfristige Planung abgestimmt ist.* Genau dies jedoch ist die Art von praktischer Forschungsarbeit, in der amerikanische Sozialwissenschaftler unerfahren und schwach sind; sie haben selten Anleitungen zu konstruktiver, vernünftiger politischer Aktion zu geben vermocht.

Unter diesen Umständen erfüllte die Negerrebellion im Süden eine Zeitlang sicher für die Intellektuellen unter den Negern – und manche liberalen Weißen – im Norden die Funktion einer Art Kriegstheater: hier konnten sie ihren Protest gegen die Ungerechtigkeiten ausagieren, die den Negern in den USA angetan werden. Hier konnten sie definierbare Forderungen erheben: die Zerstörung des ganzen Jim-Crow-Apparats. Und hier hatten sie sichtbare und erklärte Feinde, die sich nicht nur öffentlich für Rassentrennung und Diskriminierung einsetzten, sondern diese »Politik« auch mehr oder weniger gedankenlos in zahllosen Situationen selber praktizierten. Hier konnten sie klar umrissene Siege erringen. Im Norden war es viel schwieriger, die Empörung produktiv zu artikulieren. Und die Empörung verbreitete sich immer mehr unter den Negern im Norden. In *Ein amerikanisches Dilemma* hatte ich die Prognose gegeben, daß der Negerprotest sich steigern würde – und, wenigstens kurzfristig, auch die Spannung zwischen Weißen und Negern im Süden; für den Norden dagegen hatte ich eine eher ruhige Entwicklung vorausgesagt. Einschränkungen machte ich in bezug auf Detroit mit seiner ungewöhnlich hohen Zahl von Arbeitern aus dem Süden, einer Polizeitruppe, die weitgehend aus armen Weißen aus dem Süden bestand und einem aktiven Ku-Klux-Klan; Rassenunruhen brachen dort schon 1943, bevor das Buch veröffentlicht wurde, aus. Kurz: ich prognostizierte eine Abnahme in der sozialen und wirtschaftlichen Diskriminierung der Neger im Norden und eine allgemeine Verbesserung der Rassenbeziehungen. Da im Laufe der Jahre die Spannungen zwischen den Rassen im Norden spürbar wuchsen, muß ich nun erklären, was an meiner Prognose falsch war. Offen gesagt, ich konnte zu jener Zeit nicht annehmen, daß die Vereinigten Staaten dem Verfall ihrer Großstädte zusehen würden, ohne auch nur den Versuch zu machen, diese Entwicklung anzuhalten und umzukehren. Angesichts der vielen kompetenten Forscher in den Universitäten, den Beraterstäben der Bundesregierung in Washington und der Stadtverwaltungen sowie des Interesses, das man schon zu jener Zeit der Stadtplanung entgegenbrachte, konnte ich einfach nicht glauben, daß man einer katastrophalen Entwicklung, die so sichtbar war, freien Lauf lassen würde.

Gerade in den riesigen Negerslums in den Großstädten des Nordens – heute meist als »schwarze Ghettos« bezeichnet – ergeben sich aus vielen diffusen »privaten« Einzelhandlungen in zahllosen Kontakten und Kontaktvermeidungen totale und unüberwindliche Rassentrennung und Diskriminierung. Eben weil ein bestimmter und sichtbarer Gegner fehlt, entsteht ein Gefühl der Hilflosigkeit und Frustration unter den Negern, das wiederum der Empörung neue Nahrung gibt. Dies ist der Hintergrund der Unruhen in den Großstädten im Norden und ihres ziellosen und hoffnungslosen Charakters. Ich zögere nicht, die Schuld der herrschenden weißen Gesellschaft zu geben, die zugelassen hat, daß die Negerslums mit ihren abscheulichen Lebens- und Arbeitsbedingungen für ihre Bewohner sich ausdehnten und zunehmend verfielen. In diesem Punkt stimme ich also überein mit dem Standpunkt der amerikanischen Liberalen.

Immer wieder wird betont, daß es hoffnungslos ist oder jedenfalls den amerikanischen Idealen zuwiderläuft, »Recht und Ordnung« zu bewahren, indem man sich auf die Polizei und die Nationalgarde verläßt und darauf, sie mit wirkungsvolleren Waffen auszurüsten, ohne gleichzeitig radikale Reformen einzuleiten. Die Tragödie ist, daß diese Reformen bis heute nicht stattgefunden haben. In Wirklichkeit werden sie nicht einmal geplant; das Wissen, das wir über die Fakten

und die möglichen Alternativen unserer Zielsetzung haben, wird nicht genügend genutzt.
Bevor wir dieses Thema verlassen, muß auf ein damit im Zusammenhang stehendes Problem hingewiesen werden: die Zunahme von Gewalt und Verbrechen in amerikanischen Großstädten, vor allem von Verbrechen, die von Negern begangen werden. In meinem Buch konnte ich diesen Punkt eher herunterspielen, da die Massenmedien dazu neigten, seine Bedeutung zu übertreiben. Inzwischen hat sich die Lage gewandelt; sie ist schwieriger geworden.
Ich erkenne an, daß die steigende Kriminalität ein Ergebnis vieler Faktoren ist, die gegenwärtig in den USA und auch anderswo wirken. Ein wichtiger Faktor ist ohne Zweifel der »schmutzige Krieg«, den die amerikanischen Truppen in Vietnam führen. Wir alle sind in unseren Wohnungen am Fernseher Zeugen, wie Unschuldige verstümmelt und getötet werden, mit Hilfe technologisch perfekter Waffen, von denen viele im Sinne des Völkerrechts und des etablierten Rechtsgebrauchs als verbrecherisch anzusehen sind. Und jedermann ist sich bewußt, daß das, was er da sieht, keine Erfindung ist, sondern daß die Opfer dieser fürchterlichen Gewalttaten konkrete Menschen sind. – Ein weiterer Grund für die hohe Quote von Gewaltverbrechen in den USA ist der erstaunliche Widerstand dagegen, die Käuflichkeit tödlicher Waffen unter öffentliche Kontrolle und Regulierung zu stellen.
Worauf es mir hier ankommt, ist zu zeigen, daß nicht nur Gehorsam gegenüber dem Gesetz, sondern auch die Erwägungen der Menschen und ihr Umgang miteinander aufbauen müssen auf Solidarität und Loyalität gegenüber einer Gemeinschaft, der sie sich zugehörig fühlen. Keine Strafsanktionen und keine Verstärkung der Polizei vermögen viel gegen Kriminalität zu bewirken, wenn dieses Zugehörigkeitsgefühl bei einer großen Gruppe der Bevölkerung nicht vorhanden ist. Das gilt selbst dann noch, wenn das Land bereit und auf dem Weg ist, ein repressiver Polizeistaat zu werden, was

ein grober Verstoß gegen alle amerikanischen Ideale wäre. Auch führt jeder Schritt in dieser Richtung dazu, aus den Polizeikräften eine reaktionäre Enklave in der Gesellschaft zu machen. Die häufigen Fälle von Polizeibrutalität beweisen, daß eine solche Entwicklung in den USA Fortschritte gemacht hat.

Angesichts der wachsenden Empörung unter den Negern in den Großstädten des Nordens, die aufgrund des anderen Charakters, den Rassentrennung und Diskriminierung dort annehmen, ziellos und frustriert werden müssen, besteht die Gefahr, daß mehr und mehr von ihnen, vor allem Jugendliche, dieses Zugehörigkeitsgefühl zur Gesamtgesellschaft, die von den Weißen beherrscht wird, nicht mehr empfinden – ein Gefühl, das die Bürger doch erst dazu bringt, das Gesetz zu achten und an die Rechte anderer zu denken. Es wird allgemein bezeugt, daß die Menschen in den USA zunehmend sich und ihr Eigentum bedroht fühlen. Ich selbst habe beobachtet, wie das Zutrauen und die Sorglosigkeit, die Amerikaner in zwischenmenschlichen Beziehungen an den Tag legen, sich vor allem bei Kontakten zwischen Weißen und Negern merklich und kontinuierlich verschlechtert haben.

Dies kommt also hinzu als ein neues und äußerst bedrohliches Element in den Rassenbeziehungen und in dem Teufelskreis von sich gegenseitig verstärkenden Ursachen und Wirkungen. Indem Weiße ihre Kontakte mit den Negern aus Angst reduzieren, tragen sie wiederum dazu bei, die Mauer der Rassentrennung rings um die Negerslums immer höher zu ziehen. Es ist ihnen in vielen Fällen gelungen, die Tendenz zu wachsender Gewalttätigkeit nach innen zu wenden, so daß sie hauptsächlich andere Neger trifft. In dem Maße, wie die Negerslums gefährlicher für ihre eigenen Bewohner werden, verstärkt sich der Wunsch der Weißen, sie in Isolierung, in Quarantäne und unter fester Polizeikontrolle zu halten. Und dies wiederum gibt der Unzufriedenheit der Neger mit ihren Lebensbedingungen neue Nahrung und liefert ihnen mehr und mehr Gründe für ihren Haß auf die Weißen, die sie offensichtlich ausschließen und unterdrücken.

Es bestanden von Anfang an Unterschiede zwischen der Neger-Community im Süden und im Norden. Im Süden konnten die Kirchen als die traditionelle und noch immer beherrschende Gestalt des organisierten Gesellschaftslebens der Neger eine wichtige Rolle sowohl bei der Initiierung der Negerrebellion als auch bei der Umformung dieser Rebellion in eine Massenbewegung mit einer beträchtlichen Disziplin, einer Taktik und einem Programm spielen. Der Kirchenleitung gelang es, die armen Neger und die Mitglieder der Ober- und Mittelklasse der Neger zusammenzuhalten. Dies setzte eine enge Kooperation zwischen den verschiedenen Bekenntnissen und im allgemeinen ihre Unterordnung unter die Führung der gebildeten Kirchenmänner der Neger voraus.

Die Negerkirchen im Norden hatten sich diese Art von Kontrolle über die verschiedenen sozialen und ökonomischen Klassen und diese Neigung, eine gemeinsame, in disziplinierter Weise sich bewegende Front zu bilden, nicht bewahren können. Für die Rebellion, wie sie sich im Norden entwickelte, als die Neger keinen anderen Ausweg mehr als den Aufstand wußten, waren die Kirchen im großen und ganzen ziemlich bedeutungslos; weder inspirierten sie die Bewegung, noch übten sie eine wirksame Kontrolle oder Führungsfunktion über sie aus.

Damit hängt ein weiterer Unterschied eng zusammen. Wie ich im 2. Kapitel andeutete, »gehörten« im Süden die Mittel- und Oberschichten der Neger – die Rechtsanwälte, Ärzte, Zahnärzte, Lehrer, Pfarrer, Apotheker usw. – zu den Massen der Neger in dem Sinn, daß sie nicht nur gesellschaftlich, sondern auch in der Möglichkeit der Berufsausübung von den Weißen boykottiert wurden. Im Norden hingegen hatte, soweit es diese Klasse betrifft, eine partielle Rassenintegration stattgefunden.

Dieser Unterschied ist jedoch nur relativ. Auch im Norden fanden viele, vielleicht die meisten schwarzen Akademiker ihre Kundschaft mehr oder weniger ausschließlich unter ihren eigenen Leuten. Für diese Klasse von Negern stellte im Norden wie im Süden die Kontrolle über die Negerklientel eine Art Monopol dar, das durchaus seinen Wert besaß; dieses Monopol gründete in dem mangelnden Interesse der weißen freiberuflich tätigen Akademiker, Negerkundschaft zu erwerben, aber auch auf dem Widerwillen der Neger, ihre Dienste zu suchen. Ich erinnere mich an den Vortrag des prominenten Negerführers Elmer Carter, der damals der Führer der Urban League war, vor Negern der Mittel- und Oberklasse in einer Stadt im Norden. Nachdem er in vorsichtigen Begriffen alle Forderungen und Klagen der Neger durchgegangen war, blickte er von seinem Manuskript auf, lächelte und sagte: »Aber wo wären wir denn sonst in dem weiten Ozean des Wettbewerbs?« Die Zuhörer lächelten verständnisvoll mit ihm. Ich bin sicher, mein hochgeschätzter Freund wird es mir nicht übelnehmen, daß ich die Geschichte heute erzähle.

Im Süden wie im Norden ließ sich bei den Negern der Mittel- und Oberklasse häufig eine Art Bewußtseinsspaltung beobachten. Einerseits waren sie sich stärker als die Neger der Unterklasse der Diskriminierung, der sie ausgesetzt waren, bewußt und neigten daher zu einer Schärfung der Konflikte mit den Weißen, obwohl sie sich gewöhnlich von offenen Aktionen fernhielten. Andererseits zeigten sie Verachtung und Abneigung gegenüber den ungebildeten Negern. Diese Beobachtungen habe ich vor mehr als einem Vierteljahrhundert gemacht, aber sie treffen noch heute zu und sind unverändert wichtig. Das gilt im Süden, wo wenig geschehen ist, um die Isolierung der Akademiker unter den Negern von der weißen Gesellschaft zu durchbrechen. Obwohl die meisten von ihnen es zunächst vermieden hatten, eine Rolle als

Negerführer auch nur auf lokaler Ebene zu spielen (oder jedenfalls eine solche Tätigkeit auf die Mitgliedschaft bei der NAACP und ähnliche Akte politischer Solidarität beschränkt hatten), beteiligten sie sich nun – und mußten sich beteiligen – an der Negerrebellion. Für viele von ihnen war dies tatsächlich eine Entlastung von ihren ambivalenten Gefühlen gegenüber den Massen des eigenen Volkes. – Im Norden hatte sich ein größerer Teil der Mittel- und Oberklasse der Neger von den Massen der Neger in den Slums getrennt. Und dort waren die Massen selbst weniger bereit, sie als Führer anzuerkennen. Teils wegen ihrer Bedeutung als Wähler, teils aus anderen Gründen hatten die Weißen im Norden ein Interesse daran, die Negermassen politisch und an die örtliche Verwaltung zu binden. Der Kontakt der Akademiker unter den Negern zu den Weißen war viel enger als im Süden, und sie suchten sich so zu verhalten, daß sie die Gefühle der Weißen nicht verletzten. Oft brachte man sie dazu, die Community in einer Weise zu beeinflußen, die den Interessen der Neger zuwiderlief. Die Vorteile, die sie suchten, hatten ihren Preis. Manchmal, vor allem im politischen Bereich, wurden sie mehr oder weniger offen bestochen. Über all diese Probleme gibt es eine Menge Meinungen und Gerüchte in der Neger-Community. Sie sind oft die Grundlage für das Mißtrauen, mit dem die Massen der Neger denen, die als ihre Führer agiert haben, begegnen. Grundsätzlich haben die relativ geringere Ächtung der Neger der Mittel- und Oberklasse und die Tatsache, daß sie nicht so vollständig isoliert sind wie im Süden, den Abgrund zwischen ihnen und den Massen, die erbarmungslos der Rassentrennung unterliegen, vergrößert.
Der Unterschied zwischen den beiden Regionen kann folgendermaßen zusammengefaßt werden: während der intensive und gut organisierte »Kastenkampf« im Süden jede Tendenz zu innerem »Klassenkampf« gedämpft hat, funktioniert dieser Mechanismus im Norden nicht. Dort kann die Empörung gegen die weiße Gesellschaft einhergehen mit einer wachsen-

den Entfremdung, mit wirklichem Mißtrauen und Haß der Massen gegen die Mittel- und Oberschichten der Neger. Dies könnte zu ernsten Folgen führen, auf die ich später zurückkommen werde.

Die Dichotomie, die ich hier zwischen dem Süden und dem Norden (einschließlich des Westens) konstruiert habe, ist natürlich übertrieben, wie jede Analyse, die von Idealtypen ausgeht. Und die Dinge ändern sich von Tag zu Tag. Leider sind es in der Regel nicht immer die befreienden Momente in dem Kampf um die Rechte der Neger, die von einer Region in die andere übertragen werden.

Es ist richtig, daß die Negerrebellion, von der ich unbedingt meine, daß sie von nationalem Interesse ist, im Süden begann und sich im Norden ausbreitete. Dort nahm sie jedoch einen anderen Charakter an. Die unorganisierte Vereinigung von Ressentiments, die sich im Norden so oft ziellos artikulierte und in blinde Aktion umschlug, hat sich inzwischen freilich auch auf Großstädte im Süden ausgedehnt. Und dieser Einfluß des Nordens auf den Süden wird möglicherweise wachsen.

Ähnlich verhält es sich mit der Entfremdung der Negermassen von ihren Mittel- und Oberklassen und dem Mißtrauen gegen sie; beide Faktoren können dazu beitragen, die Negerrebellion im Norden zu desorganisieren und zu schwächen, und das könnte sich auch auf den Süden ausbreiten – vor allem dann, wenn die Einheit der Bewegung zusammenbräche oder ihre Erfolge aus diesen oder anderen Gründen minder sichtbar und begeisternd ausfielen.

IV. Das umfassendere Problem der Armut

Wenn wir versuchen, die Negerrebellion in ihrem gegenwärtigen Stadium und die Möglichkeiten ihrer zukünftigen Entwicklung zu ermessen, so muß sie in den nationalen Zusammenhang gestellt werden. Dabei ist ein Sachverhalt von besonderer Wichtigkeit. Obwohl eine überproportional große Anzahl der Armen und Benachteiligten in den USA Neger sind, bilden diese nur eine Minderheit der unterdrückten Unterklasse in den USA – vielleicht 25–30 Prozent, je nachdem, wo man die Armutsgrenze zieht. Zu dieser Unterklasse gehören an erster Stelle die meisten nordamerikanischen *Indianer*, die in Reservaten oder gesonderten Gemeinden in den ländlichen Slums einiger Grenzstaaten leben. Die Behandlung der Indianer während der Besiedlung des Kontinents durch Europäer, anfangs meist Engländer, und später das Versagen, diese unglücklichen Restgruppen eines Volkes zu integrieren, bleiben eines der hervorstechenden Vergehen der amerikanischen Nation. Dies lädt übrigens ein zu düsteren Prognosen über die Chancen mehrerer lateinamerikanischer Staaten, moderne Nationen zu werden. In einigen dieser Länder leben die Indianer nach wie vor im Stand der Sklaverei. Heute hören wir Meldungen über die grausame Ausrottung von Indianern in Brasilien und anderen lateinamerikanischen Ländern, wo korrupte Beamte mit Großgrundbesitzern zusammenarbeiten, um den Indianern ihr Land zu stehlen. Wenn man nun beobachtet, wie diese Nachrichten in den Massenmedien der USA bagatellisiert oder unterdrückt werden, dann kann man sich nur schwer des Eindrucks erwehren, die Nation wolle nicht daran erinnert werden, auch nicht durch Assoziation, wie sie selbst die Indianer behandelt hat. Bis heute gibt es in den Vereinigten Staaten keine umfassende, langfristige Planung, wie man die Vergehen an der indianischen Bevölkerung wiedergutmachen könnte. Da die Indianer sich nicht in einer organisierten Rebellion erhoben haben, läßt man das Thema in der Schwebe. Und die meisten Amerikaner haben überhaupt keine Ahnung, daß die Indianerbevölkerung in den USA ein ernstes Problem darstellt.

Neben den Indianern zählen zur Unterklasse in den USA die

Puertorikaner, die Mexiko-Amerikaner und die Einwanderer aus Asien. Sie alle haben mit den Negern gemeinsam, daß sie farbig sind und unter dem Tabu gegen Mischehen leben müssen – was für sie noch weitergehende Folgen hat als für die Neger. Während des Zweiten Weltkrieges wurden insbesondere japanische Einwanderer von ihrem Besitz vertrieben und in Konzentrationslager eingewiesen. (Amerikaner, die sich daran noch erinnern, schämen sich dessen, obschon die meisten es verdrängt oder vergessen haben.) Einige dieser anderen farbigen Gruppen haben wirtschaftlich Fortschritte erzielt – wie auch einige Neger –, aber viele sind genauso arm und benachteiligt wie die Massen der Neger. Sie leben ebenfalls in abgetrennten Vierteln und sind Diskriminierungen ausgesetzt.

Auch Gruppen von *neueren Immigranten,* die in gesonderten Wohnblocks in einigen Städten im Norden als Minoritäten leben, vor allem Einwanderer aus Süd- und Osteuropa, sind unterprivilegiert und der Verachtung preisgegeben. Die quantitative Bedeutung dieser Gruppen hat inzwischen abgenommen, da sich die in den USA geborenen Generationen weitgehend angepaßt haben – vor allem aufgrund des amerikanischen Erziehungssystems, dem es relativ gelang, die europäischen Gruppen zu integrieren, da diese nicht unter den Bedingungen eines starken Tabus gegen Mischehen lebten.

Unter den europäischen Immigrantengruppen mußten die Juden den stärksten Widerstand gegen ihren sozialen Aufstieg überwinden. Es herrschte und herscht da hemmungslose Konkurrenz in einem viel umfassenderen Sinn als dem rein wirtschaftlichen. Zwar waren viele Juden in den USA im Durchschnitt erfolgreicher als alle anderen Einwanderergruppen; es gibt heute nur noch relativ wenige, die man zur Unterklasse rechnen muß. Trotzdem sind die Juden in den USA wahrscheinlich auch heute offener diskriminiert als in jedem anderen westlichen Land.

Die Hauptschicht der Unterklasse stellen wohl die armen

Weißen in den ländlichen Slums, wo sie als ungelernte Landarbeiter oder selbständige Subsistenzfarmer arbeiten, an den Rändern kleinerer Städte im Süden wie im Norden und in den Großstadtslums. Die armen Weißen sind in der Tat in einem Ausmaß über das Land verstreut, von dem die meisten Amerikaner gewöhnlich keine Ahnung haben. Vor einigen Jahren besuchte ich eine Universität im Nordwesten. Sie liegt in einer Gemeinde mit luxuriösen Universitätsgebäuden, und meine Freunde von der Fakultät wohnen in gepflegten kleinen Häusern mit Gärten, oft Schwimmbecken und dem Zierwerk der amerikanischen Obermittel- und Oberklasse. Als ich fragte, ob es Arme in ihrer Stadt gebe, brachten sie mich zu den »Kentuckiern«, die zusammengepfercht in einem abgetrennten Slum mit elenden Hütten lebten, arbeitslos oder auf Gelegenheitsarbeiten angewiesen. Tatsache war, daß sie weitgehend nicht zu beschäftigen waren, weil es so gut wie keine Nachfrage nach den Dienstleistungen gab, die sie anzubieten hatten. Ihre Kinder verließen oft vorzeitig die Schule.

Will man die Lebensbedingungen all dieser verschiedenen Gruppen in der amerikanischen Unterklasse beschreiben, die, wie gesagt, zusammen ein Vielfaches der armen Massen der Neger darstellen, so wird daraus ziemlich genau eine Wiederholung dessen, was die amerikanische Öffentlichkeit in den letzten Jahren über die Lebensbedingungen in den Negerslums erfahren hat. Überhaupt haben Rassentrennung, Diskriminierung, Arbeitslosigkeit oder Beschäftigung zu Hungerlöhnen nicht nur zu materieller Armut geführt, sondern auch zu einer kulturellen Verarmung und Verelendung. Für Kinder und Jugendliche bedeutet das eine Umwelt, die ihren Selbstverwirklichungswillen schädigt und in vielen Fällen Asozialität erzeugt. Es gibt so etwas wie »Slum-Gesinnung«; sie ist auf die Dauer vielleicht noch verhängnisvoller als die Fakten des materiellen Elends.

Wie alle anderen kommunalen Einrichtungen, sind auch die

Schulen dort, wo die Unterklassenfamilien leben, in jeder Hinsicht von schlechter Qualität. Es gibt Anzeichen dafür, daß in den letzten Jahren die Standards für Schulgebäude, Ausrüstung und Unterricht sich in vielen Slumbezirken verschlechtert haben, trotz der Anstrengungen einiger Behörden. In den Großstädten liegt das nicht nur an der rasch anschwellenden Anzahl von Slumkindern, sondern auch an den begrenzten finanziellen Mitteln der Schulbezirke, aus denen die Wohlhabenden fliehen. Außerdem gibt es Trends zur Wandlung im Wirtschaftsleben, die eine Zeitlang die Schwierigkeiten des einzelnen, den Unterklassen-Status zu überwinden, erheblich verstärkt haben. Die Nachfrage nach einfacher ungelernter Arbeitskraft geht kontinuierlich zurück. Das heißt, daß die Basis, von der aus ein Aufstieg beginnen soll, zunehmend schrumpft, weil der Abstand zu Beschäftigungsmöglichkeiten, die in den USA die Regel sind, immer größer wird. Der Selfmademan, der als Schuhputzer beginnen und bis in die Spitze aufsteigen konnte, wird mehr und mehr zu einer Figur der Vergangenheit. Bildung ist eine Einstellungsbedingung. Zwanzig Jahre lang haben Automation und Rationalisierung in der Industrie und im Dienstleistungssektor im Mittelpunkt der öffentlichen Aufmerksamkeit gestanden. Aber die zurückgehende Nachfrage nach ungelernter Arbeitskraft hat ihre Erklärung in viel breiteren Trends in unserer Gesellschaft; dazu gehören die Verbilligung aller Arten von Haushaltsmaschinen und die Tatsache, daß man auf dem Markt Lebensmittel erhält, die nur noch wenig Zubereitung erfordern. In einer Überflußgesellschaft gehört selbst die Mode der Heimarbeit zu den Kräften, die die Nachfrage nach der Art von Arbeit, die die Armen anzubieten haben, senken. Auch Gesetze über Mindestlöhne schaden dem ungelernten Arbeiter. Auf diese Weise setzt die Unterklasse sich mehr und mehr deutlich ab als eine Klasse von Menschen, die im Produktions- und Distributionsprozeß kaum noch einen Platz finden. Das sich herausbildende Grundmuster ist die

mangelnde Nachfrage nach Dienstleistungen, die Ungelernte anbieten können. Es ist so gut wie sicher, daß dieser Trend sich immer mehr durchsetzen wird. Wenn die Armut nicht beseitigt und das Bildungsniveau der Kinder und Jugendlichen der Armen nicht schnell angehoben werden kann, dann besteht die Gefahr, daß sie in einer modernen, technologisch fortgeschrittenen Überflußgesellschaft schließlich überflüssig werden.
Wie bei vielen anderen Phänomenen gibt es auch hier eine Parallele in den Beziehungen zwischen entwickelten und unentwickelten Ländern. Wenn der ganze indische Kontinent mit seinen 700 Millionen Einwohnern morgen im Ozean versänke, würde das für die Produktion und Konsumtion der entwickelten Länder keinen großen Unterschied machen. Wir brauchen so wenig von diesen Ländern, und sie brauchen so viel von uns. Dies ist, mehr noch als krasse Ausbeutung, die Wirklichkeit in unseren wechselseitigen Beziehungen. Diese Feststellung eines grauenvollen Tatbestandes schließt ganz entschieden ein, daß ich für viel mehr Entwicklungshilfe für Indien und Pakistan votiere. Und genauso entschieden meine ich, daß die Mehrheit der Amerikaner, denen es jetzt gut geht, im Interesse der nationalen Solidarität und auch im eigenen Interesse bereit sein muß, Opfer zu bringen, um den Armen zu helfen, sich aus der Armut zu befreien. Bislang deuteten ihre Handlungen eher auf das Gegenteil hin. Die wohlhabende Mehrheit der Amerikaner hat in ganz erstaunlichem Maße die Fähigkeit entwickelt, glücklich und zufrieden zu leben angesichts des Elends der Armen; sie ist sich offensichtlich der Existenz der Armut nicht bewußt. Wenn Amerikaner untereinander oder mit Ausländern über wirtschaftliche Bedingungen in ihrem Land diskutieren, bleiben die Ghettos und Slums regelmäßig aus ihren Überlegungen ausgespart. Ich war immer wieder überrascht zu erfahren, daß Amerikaner aus der Oberklasse sich regelrecht weigerten, von der Not und Armut in ihrem Land, in

ihrer Nachbarschaft auch nur Notiz zu nehmen. Wenn ich beispielsweise mit dem Zug nach New York oder Chicago fuhr, habe ich häufig beobachtet, wie sie die Slums direkt vor ihren Augen buchstäblich ignorierten. Natürlich dient diese hochentwickelte Blindheit für Armut kurzfristigen opportunistischen Interessen, denn jeder systematische Versuch, den Armen zu helfen, brächte finanzielle Belastungen mit sich. Aber das kann nicht die ganze Erklärung sein. Auch die amerikanische Ideologie, daß jedermann »seines Glückes Schmied« sei, erklärt dieses Verhalten nicht – eine ähnliche Ideologie dominierte in allen westlichen Ländern bei den Ober- und Mittelschichten bis zu dem Zeitpunkt, da der politische Entwicklungsprozeß neue Orientierungen verlangte. Ein Teil der Erklärung liegt zweifellos in der direkten Wirkung der Lage der USA als eines Landes von Einwanderern mit einem geschichtlichen Hintergrund selbst von Sklaverei. Da die Armen dazu neigten, sich zusammenzuschließen, teils freiwillig, teils aufgrund der Rassentrennung und Diskriminierung von außen, war es leicht, sie als Fremde, die nicht wirklich »zur Nation gehörten«, zu klassifizieren.

Diese Einstellung konnte sich allerdings nur halten, weil die Armen kaum ihre Stimme erhoben. (Ich habe die Armen in Amerika einmal das am wenigsten revolutionäre Proletariat der Welt genannt.) Der Zusammenschluß einiger dieser Gruppen zu politischen Zwecken, besonders unter den Italienern und Iren, ist nur die Ausnahme von der Regel. Im Griff der politischen Apparate wurden sie eher ausgebeutet als in die Lage versetzt, ihre kollektive Macht in ihrem eigenen Interesse zu nutzen. Und was sie für sich herausschlugen, waren nur minimale Vergünstigungen. Niemals engagierten sie sich in einem Kampf für grundlegende Reformen.

Nicht nur diese sehr armen Gruppen, die ich als die konstituierenden Elemente der Unterklasse beschrieben habe, sondern auch Menschen, die sich beträchtlich über der Armutsgrenze befinden, zeigen in den USA einen erstaunlichen Mangel an Interesse für politische, soziale und ökonomische Fragen. Die nationale, staatliche und lokale Wahlbeteiligungsquote ist außerordentlich niedrig, trotz der Publizität, die die Wahlen in den Massenmedien genießen. Die Gewerkschaften erfassen nur ein Viertel der Arbeiter, obwohl sie seit Präsident Roosevelts Amtszeit von der Legislative und Exekutive unterstützt werden und obwohl sie zwangsgewerkschaftliche Kunstgriffe anwenden. Die aktive Beteiligung der gewerkschaftlich organisierten Arbeiter an der Leitung und Kontrolle ihrer Gewerkschaften ist kaum der Rede wert; das Ergebnis ist, daß viele Gewerkschaften unter ziemlich diktatorischer und sogar korrupter Herrschaft von Funktionären stehen. Der Einfluß des Gewerkschaftsapparates auf das politische Verhalten der Mitglieder ist schwach, wie sich bei der letzten Präsidentenwahl zeigt. Damals votierten viele Gewerkschaftsmitglieder für Wallace, trotz einer intensiven und einheitlichen Propaganda von oben, für die Demokraten zu stimmen. Zu Verbänden und Vereinen schließen sich in der Regel nur Angehörige der Ober- und Mittelklasse zusammen; es gibt in den USA keine wirklichen Massenorganisationen. Obwohl diese Fakten natürlich bekannt sind, werden sie in den USA selten diskutiert, nicht einmal in der wissenschaftlichen Literatur. In *Ein amerikanisches Dilemma* habe ich mich auch mit diesem Problem befaßt und die meisten der beliebten Erklärungen verworfen, die ein Ausländer erhält, wenn er die Frage stellt, warum die breiten Schichten in den USA so wenig an den öffentlichen Entscheidungen Anteil nehmen. Eine der gängigen Erklärungen ist, das Land sei noch jung. Das stimmt nicht. Einige seiner größeren Universitäten stammen aus der Zeit der Renaissance. Seine Gewerkschaften sind nahezu hundert Jahre älter als die Schwedens, obwohl sie in fast jeder Hinsicht so viel weniger wirkungsvoll und so viel schwächer sind.

Eine andere Antwort ist die hohe Mobilität in den USA. Aber das sollte das Interesse an der Bundespolitik nicht mindern. Und selbst in der Lokalpolitik ist es schwer zu verstehen, warum ein Neuankömmling gleichgültig die Herrschaft korrupter Funktionäre in der Gemeinde hinnehmen sollte.

Wie schon angedeutet, sind viele dieser Merkwürdigkeiten darauf zurückzuführen, daß die amerikanische Nation noch immer eine heterogene Nation ist. Die zahlreichen Sondergruppen der amerikanischen Unterklasse, von denen ich oben gesprochen habe, und nicht nur die Neger, sind offensichtlich nur schwach in die Nation integriert. Der »Schmelztiegel« hat nur für die obere Mittelklasse und die Oberklasse mit Erfolg funktioniert, für diejenigen also, die ich bereits als die »Vereinsmeier« erkannt habe. In dem genannten Buch habe ich sie als die »Pullman-Klasse« bezeichnet – was illustriert, wie sich die Technologie des Transports seither entwickelt hat.

Es gibt noch andere Gründe, warum die breiteren Schichten politisch passiv geblieben sind. Einer war die Westgrenze; jeder, der bereit war, dort hinzuziehen, konnte Land zu einem Spottpreis erwerben. Die Vision vom »Selfmademan« und die Vorstellung, daß jeder seines »Glückes Schmied« sei, waren natürlich niemals eine realistische Sicht der Möglichkeiten des kleinen Mannes in den unteren Einkommensschichten. Gleichwohl gab es in der amerikanischen Gesellschaft einen hohen Grad an »Schichtdurchlässigkeit«, die es einzelnen mit außerordentlichem Ehrgeiz und Können ermöglichte, rasch aufzusteigen. Dies hat die unteren Klassen immer wieder ihrer potentiellen Führer beraubt. Ein Arbeiter, der sich als tüchtig und auch als bei seinen Kollegen beliebt erwies, wurde oft vom Unternehmen »gekauft« und zum Vorarbeiter oder gar Personalleiter befördert. Diese Bemerkungen wollen als partielle Erklärungen dafür verstanden sein, warum die Vereinigten Staaten nie eine einheitliche Arbeiter-

bewegung besaßen. Und das bedürfte seinerseits der Untersuchung. Wenn die USA eine Arbeiterbewegung gehabt hätten, so würde diese nicht nur ein umfassenderes soziales und politisches Engagement der »Arbeiteraristokratie« inspiriert, sondern auch die Bewegung soweit wie möglich auf die Unterklasse ausgedehnt haben. Sie hätte die Spaltung in Gruppen überwinden und diese dazu erziehen können, Druck zur Durchsetzung ihrer gemeinsamen Interessen auszuüben. Andererseits erklärt die Schwierigkeit, die mit einem solchen Versuch verknüpft wäre, weitgehend, warum es in den USA keine einheitliche Arbeiterbewegung auf breiter Basis gibt.
All das hat Auswirkungen auf das politische Denken der Massen. In einem Land wie Schweden, das in vielen anderen Aspekten den USA ähnlich ist, sind liberale Reformvorstellungen in den unteren Einkommensschichten, die seit mehr als zwei Generationen durch eine fortschrittliche Arbeiterbewegung erzogen worden und seit über einer Generation daran gewöhnt sind, die die Grundlage der Regierung bilden, weit verbreitet. Die gleichen Schichten sind in den USA in der Regel diejenigen, die am wenigsten offen für solche Vorstellungen und oft gänzlich reaktionär sind. Dies kann durch jede beliebige Zahl von Meinungsumfragen über die Jahrzehnte hinweg nachgewiesen werden. Liberale Reformvorstellungen müssen in den USA von Intellektuellen der Oberklasse propagiert werden; manchmal finden sie Unterstützung bei einzelnen Bankleuten und Industriellen. Aus schwedischer Sicht ist das eine geradezu groteske Situation.
Vor einigen Jahren, zu Beginn der Regierungszeit Kennedys, erhielt unser Ökonomenklub in Stockholm den Besuch von Paul Samuelson vom MIT. Stolz beschrieb er seine Beratertätigkeit für die amerikanische Regierung. Ich erinnere mich, wie ich ihn verwirrte mit dem ironischen Einwand, er habe ja wenig Ambitionen, wenn er sich darauf beschränke, eine Regierung zu beraten, anstatt zu jenen zu sprechen, die Macht über die Regierung haben.

Der Mangel an sozialem und politischem Engagement nicht nur bei der Unterklasse, sondern überhaupt den unteren Einkommensschichten und deren relative Unfähigkeit, fortschrittliche Reformvorstellungen zu entwickeln, haben zur Folge, daß es in den Vereinigten Staaten nicht den Druck von unten gibt, der den Idealismus freisetzen und ihn in den Oberschichten politisch wirksam werden lassen kann. Es wird immer wieder behauptet, daß es eine natürliche Allianz gibt zwischen den »Liberalen« – die man größtenteils zur Obermittel- und Oberklasse rechnet – und der »Arbeiterschaft« – womit der Gewerkschaftsapparat gemeint ist. Dieser Gedanke bedarf mehrerer Einschränkungen. Zunächst einmal: das Gewerkschaftssystem ist nicht generell progressiv, wenn man von einem ziemlich engen Bereich eindeutiger Gewerkschaftsprobleme absieht. Sie sind zum Beispiel nie für Reformen auf ökonomischer Ebene eingetreten, was selbstverständlich wäre, wenn sie der Hebelarm einer machtvollen Arbeiterbewegung wären. Und bezieht der Gewerkschaftsapparat tatsächlich einmal in einer besonderen Frage eine fortschrittliche Position, dann ist das oft einzig die Initiative der Führer und offiziellen Vertreter, die wenig oder gar keinen Widerhall bei der einfachen Mitgliedschaft findet, ganz zu schweigen von den Arbeitern, die nicht gewerkschaftlich organisiert sind. Auch dies wird durch Meinungsumfragen und durch die allgemeine Erfahrung bestätigt. Die Liberalen ihrerseits sind weitgehend unorganisiert. Daß sie nicht über wirkliche Macht verfügen, entlastet sie oft davon, in den Kategorien von Reformen zu denken und ihre Gewerkschaften im Sinne praktischer Reformen zu organisieren.

Die Fakten, mit denen ich mich bis jetzt in diesem Kapitel beschäftigt habe, stehen in einem engen Zusammenhang wechselseitiger Begründung. Ich habe sie erörtert, weil sie die Gesellschaftsstruktur prägen, in deren Rahmen die Negerrebellion operieren muß. Das Negerproblem ist heute, wie stets, ein Teil des ganzen Komplexes politischer, sozialer und ökonomischer Probleme Amerikas. Sich mit ihm als einem isolierten Phänomen zu beschäftigen, begünstigt falsche Vorstellungen und unrichtige Schlußfolgerungen. Politisch und praktisch kann das zu Fehlschlägen führen oder wenigstens zur Einschränkung von Erfolgen, die bei mehr Umsicht hätten größer sein können.

Ich habe versucht zu erklären, warum die unter bequemen Verhältnissen lebende Mehrheit der Amerikaner niemals effektiv durch eine Massenbewegung herausgefordert worden ist, die auf Reformen zur Verbesserung des Loses der Unterprivilegierten gedrängt hätte. Wenn die Unterklasse nicht für ihre eigenen Interessen kämpft, so hat dies Folgen für die amerikanische Politik auf vielen Gebieten; das ist klar und in der Tat ganz und gar verständlich. Es ist eine Tatsache, daß alle größeren politischen Strukturreformen in den Vereinigten Staaten – sei es auf dem Gebiet der Sozialversicherung, des Steuerwesens, des Wohnungsbaus, der Mindestlöhne, der Gesetzgebung und der Arbeitspolitik – eine ganz klare Tendenz zeigen, vor der benachteiligten Unterklasse haltzumachen, ja diesen zusätzlich Lasten aufzubürden. Die Negerrebellion bildet insofern eine Ausnahme von der historischen Tradition, als diese Gruppe der Unterklasse nicht länger ruhig, passiv und unbeteiligt in ihrem Elend verharrt. Zum Teil erklärt sich diese Abweichung von der nationalen Regel daraus, daß die Ober- und Mittelklasse der Neger, besonders im Süden, sozial und in ihrer Berufsausübung mit den Negermassen die Diskriminierung teilen. Diese Tatsache, zusammen mit dem amerikanischen System der Farbigenkaste, erzeugte die Einheit und Solidarität, die bei anderen Gruppen der Unterklasse nicht in Erscheinung traten. Der Ausgang der Negerrebellion wird nicht zuletzt davon abhängen, wie die anderen Unterklassen-Gruppen sich am Ende gegenüber diesem Aufstand und ihrer eigenen Lage verhalten werden, die durch ähnlich schwere Entbehrungen gekennzeichnet ist. Und er wird auch von den Einstellungen derer abhängen, die besser gestellt sind und die viel größere Schicht von Amerikanern bilden, welche, auch wenn sie nicht so verarmt sind wie die Unterklasse, die natürlichen Mitglieder einer progressiven Arbeiterbewegung stellten, wenn es eine solche in Amerika gäbe.

Zu der Zeit, als ich *Ein amerikanisches Dilemma* schrieb, war unter Sozialwissenschaftlern – und nicht nur unter den Linken – die Auffassung verbreitet, daß es eine »natürliche«, wenngleich bislang nur potentielle Solidarität zwischen den weniger privilegierten Gruppen in Amerika gebe, die es nur zu entdecken gelte, um praktische Aktivität hervorzurufen. Man stellte sich vor, daß der Aufstand der Neger alle Armen und Benachteiligten stimulieren würde, für ihre Interessen einzutreten, so daß es zu einer gemeinsamen Revolte käme, in deren Verlauf sie alle ihr Bedürfnis, *eine* Front zu bilden, erkennen könnten. Diese Annahme war von der Marxschen Theorie der ökonomischen Klassen und des Klassenkampfes inspiriert. Mir erschien diese Theorie nicht anwendbar auf amerikanische Verhältnisse. In dem besonderen Fall, mit dem wir uns hier befassen, fand ich, daß im Gegenteil die Tatsachen und Ereignisse, die ich untersuchte, in die umgekehrte Richtung wiesen: was »natürlich« war, war eher die Feindseligkeit zwischen den verschiedenen Gruppen der amerikanischen Unterklasse. Die Nicht-Neger unter ihnen und insbesondere die armen Weißen sahen sich in Wirklichkeit in Konkurrenz zu den armen Negern. Das einzige Überlegenheitsgefühl, das sie kennen konnten, war das gegenüber den Negern. Und ich fürchte, in diesem Punkt hat sich die Lage wenig verändert, und wenn überhaupt, dann hat sie sich verschlechtert. Die Antipathien der Mittelklassen-Gruppen gegen die Neger, haben sich verschärft. Das Problem ist nicht gelöst.

1969

Von Gunnar Myrdal erschienen im Suhrkamp Verlag

Politisches Manifest
Über die Armut in der Welt

Gunnar Myrdal hat 1968 in seinem berühmten, dreibändigen Werk *Asian Drama* die wirtschaftlichen und sozialen Bedingungen der asiatischen Länder untersucht. Sein neues Buch fußt weitgehend auf diesen Untersuchungen, führt sie weiter und zieht die politischen Schlußfolgerungen, ja es versteht sich geradezu als »Politisches Manifest«: seine Adressaten sind einmal die unterentwickelten Länder selbst, denen sofortige, rational geplante, *radikale Reformen* angeraten werden, zum anderen die entwickelten Länder des Westens, die solche Reformen unterstützen, aber auch blokkieren können, wie sie es bisher meistens taten. Ihr Verhalten gegenüber der »Dritten Welt« war nicht nur in der Kolonialzeit, sondern ist auch heute weitgehend verantwortlich für das, was dort geschieht; der Vorwurf des »Neokolonialismus« besteht zu Recht.

Objektivität in der Sozialforschung
edition suhrkamp 508

Schriften zu Politik und Soziologie in der edition suhrkamp

Anouar Abdel-Malek, Ägypten: Militärgesellschaft.
Das Armeeregime, die Linke und der soziale Wandel unter Nasser

Wilhelm Alff
Der Begriff Faschismus und andere Aufsätze zur Zeitgeschichte

Orlando Araujo
Venezuela. Die Gewalt als Voraussetzung der Freiheit

Rudolf Augstein, Meinungen zu Deutschland

Paul A. Baran, Unterdrückung und Fortschritt. Essays

Lelio Basso, Zur Theorie des politischen Konflikts

Beiträge zur marxistischen Erkenntnistheorie
Herausgegeben von Alfred Schmidt

Reinhard Bentmann / Michael Müller
Die Villa als Herrschaftsarchitektur. Versuch einer kunst- und sozialgeschichtlichen Analyse

Black Power. Dokumente und Analysen.
Herausgegeben von Gerhard Amendt

Charles Bloch
Die SA und die Krise des NS-Regimes 1934

Ernst Bloch, Über Karl Marx

Ernst Bloch, Widerstand und Friede. Aufsätze zur Politik

Américo Boavida, Angola. Zur Geschichte des Kolonialismus

Helmut Böhme
Prolegomena zu einer Sozial- und Wirtschaftsgeschichte Deutschlands im 19. und 20. Jahrhundert

Hermann Broch, Zur Universitätsreform

Włodzimierz Brus, Funktionsprobleme der sozialistischen Wirtschaft

Die verhinderte Demokratie: Modell Griechenland
Herausgegeben von Marios Nikolinakos und Kostas Nikolaou

Der CDU-Staat. Analysen zur Verfassungswirklichkeit der Bundesrepublik. Herausgegeben von Gert Schäfer und Carl Nedelmann

Juan Maestre Alfonso
Guatemala, Unterentwicklung und Gewalt

Noam Chomsky, Die Verantwortlichkeit der Intellektuellen

Armando Córdova / Héctor Silva Michelena
Die wirtschaftliche Struktur Lateinamerikas. Drei Studien zur politischen Ökonomie der Unterentwicklung

Dankwart Danckwerts / Hermann Pfütze / Norbert Lechner / Rüdiger Stiebitz,
Die Sozialwissenschaften in der Strategie der Entwicklungspolitik

Dietlind Eckensberger, Sozialisationsbedingungen der öffentlichen Erziehung

Hans Magnus Enzensberger
Deutschland, Deutschland unter anderm. Äußerungen zur Politik

Hans Magnus Enzensberger, Einzelheiten 1. Bewußtseins-Industrie

Frantz Fanon, Aspekte der Algerischen Revolution

Helmut Fleischer, Marxismus und Geschichte

Folgen einer Theorie. Essays über ›Das Kapital‹ von Karl Marx

Doris von Freyberg / Thomas von Freyberg
Zur Kritik der Sexualerziehung

Erich Fromm, Analytische Sozialpsychologie und Gesellschaftstheorie

Peter Gäng / Reimut Reiche
Modelle der kolonialen Revolution. Beschreibung und Dokumente

Daniel Guérin, Anarchismus. Begriff und Praxis

Daniel Guérin, Die amerikanische Arbeiterbewegung 1867–1967

Jürgen Habermas, Zur Logik der Sozialwissenschaften. Materialien

Jürgen Habermas, Protestbewegung und Hochschulreform

Jürgen Habermas, Technik und Wissenschaft als ›Ideologie‹

Matthias Hartig / Ursula Kurz
Sprache als soziale Kontrolle. Neue Ansätze zur Soziolinguistik

Wolfgang Fritz Haug, Der hilflose Antifaschismus

Tom Hayden, Der Prozeß von Chicago

Hirsch/Leibfried, Materialien zur Wissenschafts- und Bildungspolitik

Elena Hochmann / Heinz Rudolf Sonntag
Christentum und politische Praxis: Camilo Torres

Eric J. Hobsbawm
Industrie und Empire 1 und 2. Britische Wirtschaftsgeschichte seit 1750

Werner Hofmann, Abschied vom Bürgertum. Essays und Reden

Werner Hofmann
Stalinismus und Antikommunismus. Zur Soziologie des Ost-West-Konflikts

Werner Hofmann
Universität, Ideologie, Gesellschaft. Beiträge zur Wissenschaftssoziologie

Jürgen Horlemann
Modelle der kolonialen Konterrevolution. Beschreibung und Dokumente

Jürgen Horlemann / Peter Gäng, Vietnam. Genesis eines Konflikts

Gerd Hortleder
Das Gesellschaftsbild des Ingenieurs. Zum politischen Verhalten der Technischen Intelligenz in Deutschland

Jörg Huffschmid, Die Politik des Kapitals.
Konzentration und Wirtschaftspolitik in der Bundesrepublik

Jugendkriminalität, Strafjustiz und Sozialpädagogik
Herausgegeben von Berthold Simonsohn

Robert Kalivoda, Der Marxismus und die moderne geistige Wirklichkeit

Michael Kidron
Rüstung und wirtschaftliches Wachstum. Ein Essay über den westlichen Kapitalismus nach 1945

Otto Kirchheimer
Politische Herrschaft. Fünf Beiträge zur Lehre vom Staat

Susanne Kleemann
Ursachen und Formen der amerikanischen Studentenopposition

Thomas Krämer-Badoni / Wolfgang Grymer / Marianne Rodenstein
Zur sozio-ökonomischen Bedeutung des Automobils

Kritik der Mitbestimmung
Mit Beiträgen von Frank Deppe, Jutta von Freyberg, Christof Kievenheim, Regine Meyer, Frank Werkmeister

Kritische Friedensforschung. Herausgegeben von Dieter Senghaas

Reinhard Kühnl, Rainer Rilling, Christine Sager
Die NPD. Struktur, Ideologie und Funktion einer neofaschistischen Partei

Rudolf Kuda
Arbeiterkontrolle in Großbritannien. Theorie und Praxis

Henri Lefèbvre, Probleme des Marxismus, heute

Henri Lefèbvre, Der dialektische Materialismus

Stephan Leibfried
Die angepaßte Universität. Zur Situation der Hochschulen in der Bundesrepublik und den USA

Wolfgang Lempert
Leistungsprinzip und Emanzipation

Manfred Liebel / Franz Wellendorf, Schülerselbstbefreiung.
Voraussetzungen und Chancen der Schülerrebellion

Prosper Lissagaray
Geschichte der Commune von 1871

Herbert Marcuse, Ideen zu einer kritischen Theorie der Gesellschaft

Herbert Marcuse, Kultur und Gesellschaft 1 und 2

Herbert Marcuse, Versuch über die Befreiung

Antworten auf Herbert Marcuse. Herausgegeben von Jürgen Habermas

Paul Mattick, Bernd Rabehl, Ernest Mandel und Jurij Tynjanov
Lenin. Revolution und Politik

Gustav Mayer, Radikalismus, Sozialismus und bürgerliche Demokratie

Christian Meier
Entstehung des Begriffs ›Demokratie‹. Vier Prolegomena zu einer historischen Theorie

Barrington Moore, Zur Geschichte der politischen Gewalt

Moral und Gesellschaft
Mit Beiträgen von Karel Kosík, Jean-Paul Sartre, Cesare Luporini, Roger Garaudy, Galvano della Volpe, Mihailo Marcović und Adam Schaff

Die Münchner Räterepublik
Zeugnisse und Kommentar. Herausgegeben von Tankred Dorst

Gunnar Myrdal
Aufsätze und Reden

Gunnar Myrdal
Objektivität in der Sozialforschung

Kritik der Notstandsgesetze
Kommentierungen. Mit dem Text der Notstandsverfassung. Herausgegeben von Dieter Sterzel

Carl Oglesby / Richard Shaull
Amerikanische Ideologie. Zwei Studien über Politik und Gesellschaft in den USA

Helge Pross
Über Bildungschancen von Mädchen in der Bundesrepublik

Ulrich K. Preuß, Das politische Mandat der Studentenschaft

Psychoanalyse als Sozialwissenschaft
Mit Beiträgen von Alfred Lorenzer, Helmut Dahmer, Klaus Horn, Karola Brede, Enno Schwanenberg

Helge Pross / Karl W. Boetticher
Manager des Kapitalismus

Xenia Rajewsky, Arbeitskampfrecht in der Bundesrepublik

Trutz Rendtorff / Heinz Eduard Tödt
Theologie der Revolution. Analysen und Materialen

Bertrand Russell, Wege zur Freiheit

Héctor Béjar Rivera
Peru 1965. Aufzeichnungen eines Guerilla-Aufstands

Hans Rosenberg, Probleme der deutschen Sozialgeschichte

Eberhard Schmidt, Ordnungsfaktor oder Gegenmacht.
Die politische Rolle der Gewerkschaften

Eberhard Schmidt, Ordnungsfaktor oder Gegenmacht.
Die politische Rolle der Gewerkschaften

Dieter Schneider / Rudolf Kuda
Arbeiterräte in der Novemberrevolution. Ideen, Wirkungen, Dokumente

Stuart R. Schram, Die permanente Revolution in China

Bernhard Schütze
Rekonstruktion der Freiheit. Die politischen Oppositionsbewegungen in Spanien

Ulrich Sonnemann
Institutionalismus und studentische Opposition. Thesen zur Ausbreitung des Ungehorsams in Deutschland

Kritik der Strafrechtsreform
Beiträge von Carl Nedelmann, Peter Thoss, Hubert Bacia und Walther Ammann

Gisela Stütz, Berufspädagogik unter ideologiekritischem Aspekt

Paul M. Sweezy / Leo Hubermann
Sozialismus in Kuba

Paul M. Sweezy
Die Zukunft des Kapitalismus und andere Aufsätze zur politischen Ökonomie

Paul M. Sweezy
Theorie der kapitalistischen Entwicklung

Theorie und Praxis des Streiks. Herausgegeben von Dieter Schneider

Thesen zur Kritik der Soziologie. Herausgegeben von Bernhard Schäfers

Albrecht Wellmer, Kritische Gesellschaftstheorie und Positivismus

Lutz Winckler
Studie zur gesellschaftlichen Funktion faschistischer Sprache

Robert Paul Wolff, Das Elend des Liberalismus

Alphabetisches Verzeichnis der edition suhrkamp